あやかし和菓子処かのこ庵

マカロンと恋する白猫

高橋由太

角川文庫
23262

もくじ

ayakashi wagashidokoro

kanokoan

杏崎（あんざき）かの子（こ）

みんなを笑顔にできる、一流の和菓子職人を夢見る22歳。御堂神社の境内に建つ亡き祖父の店・かのこ庵で働くことに。

しぐれ

江戸時代に幼くして死んでしまったが、思うところがあって現世にとどまっている。朔の眷属で、金にがめつい守銭奴幽霊。

御堂朔（みどうさく）

陰陽師の血を引く人間で、御堂神社の鎮守。ある辛い過去のせいで笑えなくなってしまった。かの子の頑張りを見守る。

くろまる

元は烏天狗・黒丸だったが時代と共に妖力を失い、猫の姿に。朔の眷属で、にぎやかでおせっかいな性格。

木守（きまもり）

柿の木の妖。かのこ庵によく遊びに訪れる。

竹本和三郎（たけもとわさぶろう）

国宝級の和菓子職人。第一線からは引退し秩父に隠居している。

竹本新（たけもとあらた）

和三郎の息子。竹本和菓子店を継いだ。

小豆（あずき）、いんげん豆、かぼちゃ、栗、芋などをゆで、砂糖を加えて煮、煉（ね）って作るもの。本来は、饅頭（まんじゅう）などの具の意味で、必ずしも甘い物に限られなかったが、現在、第一にイメージされるのは甘い小豆餡（あん）だろう。

「事典 和菓子の世界 増補改訂版」
岩波書店

「小豆を煮るときに、渋切りをするかしないか？　これが大問題で、ベテランの和菓子職人でも意見が分かれるところなんです」

竹本和三郎が、いつもより少し大きな声で言った。場所は、竹本和菓子店の作業場である。四十代から七十代の男女が、メモを取りながら熱心に話を聞いている。十人はいるだろうか。

ちなみに渋切りとは、水と小豆を火にかけて、沸騰したらその湯をすべて捨て、新しい水を入れて煮ることである。「茹でこぼし」とも言われる手法だ。

和三郎の言うように、渋切りをするかどうかは難しい問題だった。豆の皮に含まれるタンニン・サポニンなどの渋み成分やあくを取り除くことができるが、その半面、栄養素が抜けてしまう。

確かに、サポニンは苦み成分のもとだが、抗酸化作用や肥満防止、血流改善などの効果が期待できる。それを抜いてしまっては、薬効も半減だ。

そんな説明を簡単にしてから、国宝級の和菓子職人である和三郎は悩ましげに言う。

「栄養の問題だけではなく、小豆の味も変わってきますからね」

渋切りをすると、すっきりとした癖のない味になる。繊細な味を求めて、茹でこぼしを二度、三度と繰り返す職人もいる。

「でも、コクというか小豆の味わいも抜けてしまうんです」と和三郎は続けた。渋切りした小豆では物足りない、と感じる職人がいることも事実だった。

和菓子作りの名人の話を聞きながら、杏崎かの子も眉間に皺を寄せていた。まだ二十二歳と若く半人前ではあるけれど、かの子も和菓子職人だ。小豆の渋切りについても、毎日のように悩んでいる。

「話が終わらなくなってしまうので、結論を先に言いましょう。あくまでも、私個人の意見ですが」

そう前置きして、和三郎は話す。

「渋切りをすべきかどうかは一概に言えない、と思っております。小豆によっても違いがありますし、もちろん何を作るかによっても答えは変わってくるんです」

品種の違いだけでなく、小豆そのものの個体差もある。みかんを例に出すと分かるだろうか。

同じ種類のみかんでも、甘かったり酸味が強かったりする。小豆もそうなのだ。渋切りをしないと、えぐみを強く感じる場合があった。また、羊羹とおしるこ、大福では小豆に求める味わいが異なる。

「さらに個人的な意見ですが、ご家庭で小豆を煮る場合、渋切りは不要ではないでしょうかな。最近の小豆は、えぐみも少ないように感じます」

和三郎は、茶目っ気たっぷりに笑って話を締めくくった。

「ただ、ここは和菓子教室です。作り方をおぼえるためにも、一度だけ渋切りをすることにしましょう」

話が一段落すると、教室の空気がふと軽くなった。かの子も、小さく息を吐いた。すっかり話に聞き入っていたのだ。

正月明けのある昼下がり、竹本和菓子店で『和菓子作り教室』が行われていた。いわゆるワークショップ（体験型講座）で、事前に料金を払って参加するものだ。誰でも参加することができる。しかも竹本和三郎が教えるというのだから、参加者が殺到してもおかしくないところだが、宣伝もあまりせず人数制限をして参加者を絞ったようだ。

今までも実施したことがあり、そのときは区の施設や専門学校を借りたようだが、今回は店の定休日を利用して、こぢんまりと開催していた。生徒は、竹本和菓子店の常連客ばかりである。

「隠居した身だからね」と、和三郎は言っていた。一線から退き、この店を息子に任せ、自分は秩父で道楽半分の店を始めるつもりでいるのだった。すでに引っ越しも終えていた。

ただ和三郎が生まれ育ったのは日本橋であり、息子の新も東京にいる。だから、年末年始はこっちですごした。この和菓子教室は、そのついでであるらしい。

数日前、かの子はこの和菓子教室の助手を頼まれた。助手と言っても教えるのは和三郎なので、雑用係である。それでも勉強にもなるだろうし、かのこ庵の営業時間外に実施されるということで、二つ返事で引き受けた。つい先日まで竹本和菓子店で働いていたから勝手も分かっている。和三郎が尊敬できる人物であることも知っている。

「難しいことを言ってしまいましたが、気楽に作ってください。失敗しても命まで取られるわけじゃないですからな」

和三郎の言葉に、参加者たちが笑った。職人というと無愛想で取っつきにくいイメージもあるが、和三郎の物腰は柔らかく話し上手だった。これまで何度も和菓子教室を開催しているということもあって、人前で話し慣れているようだ。

いや、和菓子教室どころか、和菓子作りの名人として多くの取材を受けているのだから、これくらいの人数を前に上がるわけがなかった。テレビに出たことも一度や二度ではなかった。

「前置きはこれくらいにして始めますかな。分からないことがありましたら、若者二人に聞いてください。今回、杏崎かの子さんと息子の新に手伝いを頼みました」と、改めて紹介してくれた。

「よろしくお願いいたします」

「よ……よろしくお願いいたします」

新が挨拶（あいさつ）をし、かの子も倣ったが、すっかり上がっていた。顔を知っている常連客ばかりが相手だが、十人も並ぶとインパクトがあった。しかも、注目されているし……。

「二人とも、そんなに緊張しなくていいんだよ。今日の生徒さんたちは、やさしい人ばかりだからね」

和三郎は口を挟み、ふたたび笑いを取った。話し上手なだけでなく、仕切り上手でもあった。

「小豆を煮るのは時間のかかる作業ですから、のんびりとお茶でも飲みながらやってください」

少なく見積もっても三十分はかかる。それをあんこにするとなれば、さらに倍以上の時間と手間が必要になる。小豆を煮るのを和菓子教室の題材に選んだのは、常連客たちと話をしようと思ったからだろう。今日のワークショップは、ある意味、和三郎と常連客とのお別れ会でもあった。

「小豆は健康にいい食べ物ですから、毎日の生活に取り入れたいですね」

新が、そんなことを言い出した。この男は融通が利かないくらい真面目だから、話すことを用意していたのだろう。健康について話すタイミングは今ではないような気もしたが、小豆が身体にいいのは本当だ。

「ポリフェノールが含まれているのよね」と、六十歳くらいの婦人が口を挟んだ。すらりとその言葉が出てくるあたり、健康に気を遣っているのだろう。

ちなみに、ポリフェノールとは抗酸化作用があると言われている栄養素で、これを摂取することで老化防止効果があるとされている。

その他にも小豆は、先述のサポニンに加えて食物繊維やタンパク質、ビタミンB群、ミネラルなどをバランスよく含んでいる。ダイエット効果もあるところから、注目を集めている食材だ。テレビや雑誌で特集されることも多い。

「それでは、さっそく健康になってもらいましょうかな」

和三郎が笑みを浮かべて言った。本当に仕切り上手だ。融通の利かない新の父親とは思えない。

「お手本というと烏滸（おこ）がましいですが、朝一番であんこを作りました。味を見てもらえませんかな」

準備もしっかりされている。常連客相手の和菓子教室だろうと、和三郎は手を抜かない。

そんな和三郎の言葉に、生徒の一人が反応した。

「あんこの味見ですか？」

「ええ。ただ、あんこだけを出すのも芸がない話なので、ちょっといたずらしてみました」

思わせぶりな台詞（せりふ）であった。ふたたび生徒が聞き返す。

「いたずら？」

「あんこで菓子を作ってみたんです」

和三郎が返事をすると、生徒たちが一斉に歓声を上げた。

「そりゃあ、すごい。和三郎さんの和菓子を食べられるなんて、それだけで参加した価値がありますな」

「ええ、お釣りが出ますよ」

「自分の小豆なんか、どうでもいい気がしてきますな」

　わいわい言いながら、和三郎の作った和菓子の写真を撮るつもりなのか、スマホを出す者までいた。もはや和菓子教室の雰囲気ではなくなっている。

　それも当然の話で、さっきも言ったように、和三郎は人間国宝級の和菓子職人なのだ。しかも隠居した今となっては、和三郎の作った和菓子を食べることは難しい。少なくとも、竹本和菓子店には置かれていなかった。

　口にこそ出さなかったけれど、かの子も期待した。ものすごく期待した。和三郎の作った和菓子を食べたかった。手伝いに来たことを忘れて、期待に胸をふくらませていた。

「どんな和菓子を作ったんですか？」

　生徒の一人が、急かすように聞いた。楽しみすぎて、和菓子が出てくるのを待っていられなかったのだろう。この場にいる全員が、同じ気持ちだった。

　ふいに真面目な顔になって、和三郎は答えた。それは予想外の返事だった。

「和菓子じゃないかもしれませんな」

「え？」

　かの子の喉から声が出た。戸惑った。あんこを使って、和菓子ではない菓子を作ったと言っているのだ。

「それじゃあ……」

呟いてみたが、その後が続かない。生徒たちも戸惑った顔をしている。そんな反応を和三郎は面白そうに見て、また笑顔になった。そして、さっきの自分の言葉を否定するようなことを言った。

「和菓子かもしれないがね」

まるで禅問答のようだった。だが、もともと和菓子の定義は難しく、和洋折衷の菓子も含まれる場合がある。「小豆を使っていれば、それは和菓子だ」と言い切る職人もいるくらいだ。

そもそもの話として、和菓子と洋菓子の区別を気にしない店も多かった。ケーキやクッキーなどを作って売る和菓子屋も珍しくない。竹本和菓子店でも、新はクリスマスケーキを売っている。

かの子は、ケーキやクッキーを和菓子屋に置くことに否定的だった。和菓子教室の手伝いを頼まれたときに、和三郎にその気持ちをぶつけた。すると、こんな言葉が返ってきた。

——ポリシーを持つのは悪いことじゃないけど、それを一番にしちゃいけないよ。大事なのは、お客さんによろこんでもらうことだと思うよ。

目から鱗が落ちた気がした。独りよがりの和菓子を作ったところで、誰もよろこんでくれないだろう。かのこ庵という店を任されるようになって、身に染みて分かったことでもあった。

一方、和菓子教室では、竹本和菓子店の常連客でもある生徒が抗議している。

「和三郎さん、もったいぶらないでくださいよ」

七十歳になる男性で、和三郎との付き合いも長いようだ。「悪い癖だよ」と大仰に顔を顰めて見せた。

「まったく、その通りですな。これは失礼しました」

和三郎が応じると、生徒たちがどっと沸いた。二人のやり取りを面白がっている。

「もったいぶるのはこれくらいにして、味見をしてもらうとしますかな」

そう言って、そばに控える新に声をかけた。

「頼んでもいいかね」

「はい」

新は頷き、作業場から出ていった。竹本家の台所に置いてあるようだ。かの子は、和三郎が何を作ったのか知らなかった。

助手として新を手伝おうかとも思ったが、他人の家の台所に入っていいのか分からず、問うように和三郎の顔を見た。

かの子の考えたことが伝わったらしく、和三郎が朗らかに言った。

「新に任せておけば大丈夫だよ」

「は……はい」

この場に残ることにした。

それにしても、和三郎は何を作ったのだろうか？　和菓子じゃないかもしれないし、和菓子かもしれないとは何だろう？

かの子は気になって仕方がなかった。

○

二十分ほど経ったころ、新が戻ってくる気配があった。廊下のほうから、ゴトゴトと音が聞こえた。配膳用のワゴンを押しているようだ。最低でも十人分は必要なので、お盆では賄いきれなかったのだろう。

やっぱり手伝いに行けばよかった。かの子は慌てて立ち上がり、作業場の扉を開けた。新はすぐそばまで来ていた。

扉を開けたことへのお礼のつもりなのか、かの子に会釈してから、和菓子教室の生徒たちに言った。

「お待たせしました」

そして、ワゴンごと作業場に入ってきた。香ばしいにおいと芳醇な香りがする。ワゴンの上を見るまでもなく、何を運んできたのか分かった。

変わった食べ物ではないが、この場面で、それも和菓子屋で出てくるとは思わないものだ。

かの子は、新が運んできたであろうものを言葉にした。

「トーストとコーヒー……」

この香りは間違いない。だが、そうすると菓子ですらない気がする。かの子が首を傾げていると、和三郎がワゴンを引き寄せた。

「そうだよ。こんがり焼いたトーストと熱々のホットコーヒー」

ワゴンの上には、確かにそれらが載っていたが、ただのトーストではなかった。こんがり焼いたトーストにバターが塗られ、さらに、あんこが載っていた。この料理は知っている。見たことがあった。

「これは……」

ふたたび問うように呟くと、和三郎がお披露目するように紹介した。

「秩父の店で出そうと思っている『あんバタートースト』だよ」

○

「すごいものが出てきたねえ」

生徒の一人が目を丸くしている。さっき、「和三郎さん、もったいぶらないでくださいよ」と言った七十歳になる男性だ。

「美味しそうだけど、こりゃあ菓子パンじゃないのかね」

実際、あんとバター、もしくはマーガリンを使ったものは、スーパーやデパート、コンビニなどで菓子パンとして売られている。

「あんた、あんバタートーストを知らないのかい」

同世代の男性が呆(あき)れた声を出した。彼の言うように、あんバタートーストは珍しい食べ物ではない。もともとは「小倉トースト」とも呼ばれる名古屋(なごや)の名物であったが、今では、いろいろな喫茶店で見かける。名古屋発のコーヒーチェーン店『コメダ珈琲(コーヒー)』の全国展開によって一般に浸透したとする向きが強い。

「少し前に、テレビでもやっていたじゃないか」

かの子は見ていないが、あんバターの特集が組まれていたらしい。彼によれば、あんバターのブームが起こっているという。若者の間でも人気があるようだ。

ちなみに、和三郎が参考にしたのは、名古屋のあんバタートーストではなかった。コメダ珈琲のものとも違う。作ろうと思ったきっかけは、なんと埼玉県にあった。

「秩父に『松本(まつもと)製パン』という美味しい店があってね。あんバターが絶品だったんだよ」

和三郎は話し始めた。その店は、JR秩父駅から徒歩三分の場所にあるという。大正十三年創業と歴史は古く、遠方から訪れる人も多いという名店だ。秩父鉄道が作っている情報誌『PALETTE』でも紹介されていたらしい。

「昔ながらのコッペパンに、自家製あんことバターを塗って出してくれるんだよ」

話を聞いているだけで美味しそうだ。素朴なコッペパンに、甘いあんこと塩気のあるバター。喉が鳴りそうになった。

「本当はコッペパンで作りたかったんだが、上手（うま）くパンを焼けなくてね。それで、食パンにしたんだ」

和三郎の言葉に、かの子は目を丸くした。

「『食パンにした』って、もしかしてパンから作ったんですか？」

「まあ、そういうことだ」

なんと、パンを自分で焼いたようだ。かの子が驚いていると、和三郎が照れた顔で続けた。

「秩父の店で出そうと思ってね」

「これを和菓子屋さんで出すんですか？」

「実は、店にカフェを併設しようかと思っているんだよ。気軽に食べられる店にしたいんだ」

「……すごい」

思わず言ってしまった。目上の人間に使う言葉ではないかもしれないが、とにかく、「すごい」の一言しか出てこなかった。

和菓子屋にカフェを併設するのは珍しいことではないが、まさか人間国宝級の名人がやるとは思わなかった。秩父で店をやることは知っていたけれど、昔ながらの和菓子屋をやるものだと勝手に想像していた。それが、パンまで焼くなんて。

「すごかないよ」

和三郎は、かの子の言葉をやんわりと否定した。

「あの『とらや』さんだって、『トラヤあんスタンド』をやっているくらいだ。和菓子職人の端くれとして、あんこを気軽に食べてもらうために工夫をするのは当然のことさ」

和菓子は、洋菓子の技法を取り入れながら発展してきたものだ。その時代に合った工夫をするのは、むしろ王道と言える。

和三郎に教えられた言葉が、ふたたび脳裏に浮かんだ。


ポリシーを持つのは悪いことじゃないけど、それを一番にしちゃいけないよ。大事なのは、お客さんによろこんでもらうことだと思うよ。


(私は、本当に駄目だな……)

改めて反省した。竹本和菓子店で働いていたころ、クリスマスケーキを置いた新に反発したことがあったが、間違いだったと気づいたのだ。

和菓子職人の作るクリスマスケーキを面白がる客だって必ずいるはずなのに、かの子はそれを積極的に売らなかった。気に入らないと思うだけで、何がどう気に入らないのかを指摘することもなく、新に協力をしなかった。今になって思うと、解雇されても仕方のない態度だ。

「その秩父の店に置くコーヒーもね――」

和三郎は続けようとするが、新がその話を遮った。

「お話し中に申し訳ありませんが」

例によって真面目な顔をしている。公の場だからか、父親相手でも丁寧な言葉遣いだ。

一方、和三郎は不思議そうな顔をした。

「どうかしたのか？」

「トーストが冷めてしまいます」

新がズバリと言った。もっともな指摘である。この場にいる全員が、新に賛成した。

口々に抗議を始める。

「こんな美味しそうなものを出しておいて、お預けはひどいですよ」

「そうですよ」

「早く食べさせてくださいよ」

「まったくですな」

一斉に言われ、和三郎が反省したように肩をすぼめた。

「おっと、これは申し訳なかった。つい話に夢中になってしまいましてな。では皆さん、味を見てもらえますかな」

この言葉に対する反応は速かった。

「いただきます」

生徒たちが、一斉にあんバタートーストに手を伸ばした。羨ましかった。食べてみたかったけれど、さすがに助手の立場では言い出せない。指をくわえて見ていると、和三郎が言ってくれた。

「よかったら、かの子ちゃんも食べてくれんかね」

神のような一言だった。透かさず、ワゴンの近くにいた新が、あんバタートーストを取ってくれた。

「どうぞ」

もう遠慮はしない。ここで断ったら、夜に眠れないくらい後悔しそうだ。

「ありがとうございます」

受け取り、あんバタートーストを齧った。口に入れた瞬間、焼き立てのトーストの香りが口いっぱいに広がる。こんがり焼かれたトーストはまだ熱く、パン特有のほのかな甘さを感じた。トーストだけでも美味しかったが、有塩バターがしっかりと染みている。そこに、あんこのまろやかな甘さが加わり、美味しいのハーモニーを奏でている。

かの子は、夢中で食べた。あんこの甘さとバターのしょっぱさが溶け合い、トーストがそれを受け止める。パンの香ばしさが、あんことバターと調和していた。最強の組み合わせではなかろうか。

「こりゃあ旨い」

「あんこなのに、コーヒーともよく合うんだな」

生徒たちからも声が上がった。本当にそうだ。コーヒーとの相性は最高だ。すっきりした味わいのコーヒーが口の中をさっぱりとさせ、あんバタートーストの味を引き立てる。

「あんことコーヒーは合いますからね」

新の言葉である。もしかすると、竹本和菓子店でも、カフェを併設する計画があるのかもしれない。そんな話を聞いたことがあった。

和三郎は頷(うなず)き、相づちを打つように言った。

「これも秩父で味わったんだが、あんこをコーヒーに入れても美味(おい)しい」

その言葉を聞いて、生徒たちがどよめいた。中でも、男性高齢者たちは目を丸くしている。

「あんこをコーヒーに入れる？　本当かね？」

「世の中、すごいことになってるな」

信じられないという顔をしている。駄目を押すように和三郎が続けた。

「その店では、ホイップクリームとあんこが入っていましたよ」

聞けば、秩父鉄道御花畑(おはなばたけ)駅の近くにある『名物　秩父蕎麦(そば)　立花(たちばな)』という二八蕎麦の店で、あんこコーヒーを注文したという。

「あら、美味しそう。スターバックスにありそうね」と言ったのは、六十代の女性である。

なるほど。

かの子は、その台詞(せりふ)に納得した。スターバックスのフラペチーノのようなコーヒーは、日本でもすっかり定着している。和風フラペチーノと考えると、あんこをコーヒーに入れるのにも違和感はない。彼女の言うように、すでにスターバックスのメニューにありそうだ。

スターバックスは偉大だった。その一言で、あんこ入りコーヒーの評価が変わった。

「へえ。秩父ってところは美味しそうな町なんだね」

「しかも、和三郎さんが店を出すと来た」

「私も秩父に引っ越すとするかな」

生徒たちが、あながち冗談とも思えない口調で言い出した。実際に追いかけていく人間がいても不思議はない。

「秩父もいいですが、竹本和菓子店を忘れないでください」

そう言ったのは、新である。真面目な新のことだから本気で言ったのだろうが、生徒たちは冗談と受け取ったようだ。今日一番の笑いが起こった。かの子も笑ってしまった。

「落ちもついたところで、今度こそ小豆(あずき)を煮るとしますかな」

和三郎が言い、生徒たちが調理を始めた。誰も彼もが楽しそうに小豆を煮ている。これまでの和菓子教室に参加していた者も多いらしく、慣れた手つきで鍋(なべ)を扱っている。

助手と言いながら、ここでもかの子はやることがなかった。何のために手伝いに来たのか分からない状況だ。ならば、せめて換気でもするかと窓に近づいたときだ。ふと窓の外に人影が見えた。

（女の子？）

中学生くらいの少女の背中だった。髪が長く、クラシックなシルエットの白いワンピースを着ている。定休日だと知らずに、和菓子を買いに来た客だろうか。店から遠ざかっていく。

もっと早く気づいていれば声をかけたのだが、すでに距離が開いていた。声をかけるには遠い。

かの子は、見るともなく、遠ざかっていく女の子の背中を見ていた。そして、声を上げそうになった。

（あ……）

現実とは思えないことが起こった。ふいに少女の身体が白く光り、小さな白猫に変わったのだった。美しい猫だった。この世のものとは思えないくらい綺麗（きれい）な毛並みをしている。

少し驚いたが、あくまでも少しだけである。何かが猫に変化するのを見ることは、かの子にとって珍しいことではなかった。少女の正体も予測できる。

（妖（あやかし）か幽霊だ）

実際、この世のものではないのだろう。なぜ、そんなことが分かるのかというと、事情があった。

　かの子の生まれた杏崎家は、代々の菓子職人だったらしく、江戸時代や明治時代に「菓子を献上していた」と古い文献に書かれている。そして、献上した相手は陰陽師で、和菓子と引き替えに不思議な力を賜ったというのだ。

　うさんくさい話だが、事実らしく、かの子も不思議な力を受け継いでいた。そのうちの一つが、これだった。


妖や幽霊が見える。


見えないはずのものを見ることができた。生きていくには、不要な能力だ。むしろ邪魔になると言っていい。かの子は、密かに、祖先は陰陽師に嫌われていたのではないかと思っている。頼んでもいないのに、妖や幽霊が見えるなんて、末代まで呪われたのと同じだ。

　それはともかく、この面倒な能力のおかげで知っていることがあった。


妖は、猫に化けている。

猫の姿を借りている。

もちろん普通の猫もいるが、多くの猫は妖が化けたものだ。かの子の知るかぎり、たいていの猫は妖だった。八割、九割はそうだと思う。幽霊が、猫の姿を借りていることもあった。

人の姿で暮らしている妖もいるようだが、あまり見たことがなかった。妖そのものの姿で生きているものは、一度も見たことがない。人間が妖の存在に気づいていないだけという可能性もあるが、人間の社会で暮らしていくには、猫の姿をしていたほうが都合がいいのだろう。

いずれにせよ、かの子にとっては妖も幽霊も珍しいものではない。ごく最近に至っては、身近な存在だとさえ言えた。

だから、このときも深くは考えず、白猫がいなくなるまで見送りもしなかった。ましてや、この白猫と再会することになるとは考えもしなかった。

人生は、不思議な出会いと再会に満ちているのに。

ぼたもち

もち米、または、もち米とうるち米をまぜてたき、半つぶしにして小さく丸め、アズキあん、きな粉などをまぶしたもの。春秋の彼岸につくって仏壇に供え、親戚縁者などへ配る風習があった。ぼたん餅のなまった語で、別に〈萩の花〉〈萩の餅〉〈おはぎ〉ともいう。いずれも形や色をボタンやハギに見立てたもので、萩の花の語は《日葡辞書》にFaguino fanaとして書かれている。《本朝食鑑》(1697)は、手軽に餅つきの音も立てずにつくれるので〈隣知らず〉、またついたかどうかわからぬので〈夜舟〉というだじゃれめいた異称を紹介し、庶民の食べもので貴人の食とされることは少ない、ともいっている。江戸では天保(1830-44)ころから〈三色ぼた餅〉で人気を集めた店があった。麹町三丁目(現、千代田区)にあった〈お鉄ぼた餅〉がそれで、〈ぼた餅だけれどお鉄は味がよし〉などと川柳や狂詩によまれている。

改訂新版 世界大百科事典

和菓子教室が終わると、日が落ちていた。一月は日が短い。六時をすぎると暗くなってしまう。早く帰らないと、本格的な夜が来てしまう。和三郎に挨拶をして、竹本和菓子店を後にすることにした。

「また遊びにおいで。今日の小豆で、小倉アイスを作っておくから」

「は……はい」

かの子は頷き、もう一度、頭を下げてから歩き出した。帰る先は、深川だ。電車もバスも使わない。

日本橋を抜けて、隅田川沿いの道を歩いた。それから、清澄白河駅の裏手を通りすぎる。観光地であるにもかかわらず、いつ歩いても人通りがなかった。

やがて細い路地に入った。深川は寺社の町だ。近年は開発が進み、真新しいビルが建ち並んでいるが、今なお江戸情緒が残っていて、たくさんの寺社がある。観光客が訪れる大きな寺社がある半面、見落としてしまいそうな小さな寺や神社も多い。かの子が目指しているのは、そんな小さな神社の一つだった。

何分か歩いて、その神社に着いた。考えるより先に声が出た。

「ただいま」

誰もいないのに呟いたのだった。こぢんまりとした鳥居があって、少し怖い顔の狛犬が見える。鎮守の森というのだろうか、木々が茂っている。二十三区内だというのに、どことなく人里離れた雰囲気があった。

かの子は、この神社で住み込みで働いているのだが、神社に勤めているわけではない。

「もう開いてるかなあ……」

すっかり暗くなった空を眺めて呟き、さらに足を進める。白玉砂利を敷いた境内を突っ切った先に、一階建ての木造建築が見えた。それは、風流な眺めだった。

入り口の前に、江戸時代の茶屋を思わせる長方形の腰掛け――木製の縁台が置かれ、鮮やかな色の緋毛氈（ひもうせん）が敷いてある。さらに、朱色の野点傘（のだてがさ）が立っていた。ちなみに野点とは、屋外で茶を点（た）てること、または野外で行われる茶会のことだ。その際に用いられる傘を野点傘という。

一階建ての木造建築には暖簾（のれん）がかけてあり、渋い紺色の生地に文字が白く抜かれている。

かのこ庵

ここが職場。かの子が店長を務める和菓子店だった。

〝かの子〟と〝かのこ庵〟。

名前が似ているのは、たまたまではなかった。自分の名前にちなんで付けられたものだった。

かのこ庵という名前を含めて、そこにある何もかもが気に入っていた。ここにやって来てから毎日見ているのに、いまだに見とれてしまう。目を離せなくなってしまう。

このときも目を奪われていて、足もとを見ていなかった。転がっていた石を踏んでしまい、かの子はバランスを崩した。

運動神経にはまったく自信がない。何もないところでも転んでしまうことがあるくらい鈍（どん）くさかった。

（あ……）

声を上げる暇もなく、地面に倒れそうになった。でも転ばずに済んだ。目の前に人影が現れて、かの子を抱きとめてくれたおかげだ。人影の正体は、若い男だ。顔を見なくとも誰なのか分かる。

「大丈夫か？」

やさしい声で問いかけてくれた。転びかけたかの子を助けてくれたのは、二十五歳くらいの男――とんでもない二枚目だった。芸能人やモデルよりも顔立ちが整っていた。切れ長の目に薄い唇。綺麗としか表現のしようのない鼻筋。麗しい西洋人形のような顔をしていた。

服装も垢抜（あかぬ）けている。銀鼠（ぎんねず）というのだろうか。上品な灰色の着物を着ている。

髪型も少女漫画に登場する王子さまのようだった。絹のように滑らかな髪を長く伸ばし、組紐（くみひも）で結んでいる。髪や眼球が青みがかって見えたが、それは夜の闇のせいかもしれない。

女性的とも言える容姿だが、か弱い印象はなかった。凛(りん)としていて、しかも無表情だ。近寄りがたい雰囲気を漂わせている男だった。

御堂朔(みどうさく)。

この神社の鎮守である。かのこ庵を作った男でもあり、陰陽師(おんみょうじ)の子孫でもある。かの子の祖父の杏崎玄(げん)は、彼に一億円の借金をしていた。今では利子が付いて一億一千万円になっているらしい。そのとんでもない額の借金を返すために、かの子はかのこ庵の店長となった。言ってみれば、雇われ店長だ。

それだけでも盛りだくさんだが、もう一つ、個人的な——至って個人的な事情があった。

かの子は、少女漫画から抜け出してきたような麗しいイケメンに抱き締められていた。正面からしっかりと抱かれて、見かけより逞(たくま)しい胸に顔をつけている。朔の心臓の鼓動が聞こえる。その心臓の音に重なるように問われた。

「怪我はなかったか？」

「は……はい」

どうにか返事をした。そう言うのが、やっとだった。首を縦に動かすこともできない。もちろん転びそうになって、どこかを痛めたからではない。恥ずかしかったし、申し訳なかった。畏(おそ)れ多かった。かの子の胸は高鳴り、顔が熱くなった。

そして、心配してくれたのは、美しい鎮守だけではなかった。

「姫、大丈夫でございますかな？」

「ちゃんと足もとを見ないと危ないですわよ」

着物姿の女児と小さな黒猫が、いつの間にか近くに立っていた。しぐれとくろまるである。一見すると可愛らしい女の子と猫だが、その正体は幽霊と妖だった。この神社の眷属で、朔に仕えている。

その小さな眷属たちが、心配してくれた。ありがたいとは思うけれど、朔に抱き止められているところを見られて恥ずかしかった。

「もしかして、お邪魔だったかしら？」

「これは申し訳ございませぬ！」

しぐれに聞かれ、くろまるに謝られた。ただでさえ熱っていた頬が、真っ赤になった。

朔がかの子から離れ、かの子はふたりに言った。

「邪魔じゃありませんニャ！　謝る必要はありませんニャ！」

誰が聞いても分かるほど焦っている。しかも、語尾が「ニャ」——猫語になってしまった。嘘の二連発ということだ。実を言うと、これも祖先が陰陽師から賜った不思議な力の一つである。嘘が猫語に聞こえるのだった。

どうして、そうなるのかの理屈は分からない。なぜか、そう聞こえるのだ。ちなみに、たった今、嘘をついたのは自分自身だ。自分の嘘を見抜いたのだった。

猫語のことは、目の前の朔やくろまる、しぐれにも言っていない。嘘を見抜けると知られることが怖かった。


いつか、分かってくれる人が現れるから。

それまで誰にも言わないほうがいいと思うの。


母の言葉だ。

幼いころから、何度も言われている。父や祖父にも似たようなことを言われた。かの子は、それを守っていた。口止めされていたということもあるが、この能力のせいで苦しんだ過去があったからだ。

かの子には、友達がいない。友達がいた記憶さえなかった。この嘘を聞き分ける能力のせいだ。小学校に入ったばかりのころ、かの子はクラスメートの嘘を何度も指摘してしまった。

「それ、違うよね。嘘だよね」

「本当のことを言っても平気だよ」

「嘘つかなくてもいいよ」

「本当は嫌なんだよね」

誓って言うが、悪意があったわけじゃない。嘘を暴こうと思ったわけでもない。自分に気を遣わなくていい、という意味で言ったつもりだった。

だけど通じなかった。嘘だと指摘するたびに、話しかけてくる者は減った。やがてクラスメートたちは、かの子を敬遠するようになった。指摘するべきじゃなかったと今なら分かるが、子どものころは分からなかった。

そして気づいたときには、誰も話しかけてくれなくなっていた。かの子は自分の殻に閉じこもり、愛想笑いを顔に貼り付けるようにして生きてきた。友達ができないことを諦(あきら)めていたし、恋人を持ったこともない。男性を好きになったことも、ほとんどなかった。

両親が他界し、祖父が死ぬと、かの子は独りぼっちになってしまった。こうなるだろうと思っていた。自分の殻に閉じこもったまま、ずっと一人で生きていくんだと思っていた。

しかし、今は独りぼっちではない。大切な仲間たちがいる。まだ殻に閉じこもっているところはあるけれど――。

「何の邪魔もしていない。かの子が転びそうになっただけだ」

朔が言うと、しぐれがため息をつき、くろまるが大声を出した。

「相変わらず鈍くさい女ね」

「姫、気をつけてくだされ！」

さっきもそう呼んだが、この「姫」というのは、かの子のことである。くろまるは、かのなぜか、自分をそんなふうに呼ぶ。多額の借金を抱えた庶民を捕まえて「姫」はなかろうと思うが、気づけば何となく定着してしまった。

このくろまるは見かけは黒猫だが、その正体は烏天狗であった。かつては天変地異を起こすほどの力を持つ大妖怪であったらしいけれど、今ではその面影はない。妖力を失って、黒猫の姿で生きている。

さぞやショックだろうと思うが、くろまるは落ち込んでいなかった。今日も無駄に元気である。

「ただの黒猫ではございませぬ！　我は、御堂家の家令でございますぞ！」と、聞いてもいないのに主張するのであった。

家令とは、明治時代以後の日本において、宮家や華族の家務を管理し、使用人たちを監督した者のことだ。いわば、名家の執事のことである。

「怪我をしていないのなら、こんなところで遊んでる場合じゃなくてよ」

しぐれに注意された。この女の子は、いわゆる守銭奴であった。金勘定が得意で、がめつい幽霊だ。かの子の祖父が作った借金の利息の計算をしたのも彼女だ。かの子の尻を叩くことに余念がない。

「きっちり一億一千万円分を働いてもらいますわ」

「うん。がんばる」

「がんばるって、一億円がどれくらい大金か分かってますの？」

「も、もちろんですニャ！」

かの子は、ふたたび嘘をついてしまった。大金だということは分かるけれども、金額が大きすぎて現実感がない。かのこ庵で働いて返すことになっているが、それが可能なのかも分からない。

しぐれは、そんなかの子を疑わしげに見ていたが、面倒くさくなったのだろう。諦めたように話を進めた。

「まあ、いいですわ。さっさとお店を開けますわよ」

「は……はい」

かの子は返事をした。しぐれのほうが店長みたいであった。

○

かのこ庵は、決して広い店ではない。客が五人も入れば、いっぱいになりそうな小さな店だ。

だけど、建物の感じはいい。木のぬくもりを感じる内装で、店内には、外にあるのと同じ縁台と緋毛氈(ひもうせん)が置いてある。また、店には大きな窓があって、神社の境内がよく見えた。

かの子は店長という肩書きだが、かの子の他に店員はいない。しぐれやくろまるが手伝ってくれるときはあるが、ふたりは従業員ではなかった。だから、言うまでもなく和菓子を作るのはかの子一人だ。

「必要ならアルバイトを雇うといい」

朔にはそう言われているが、そのつもりはなかった。営業を始めたばかりで儲(もう)けがあるのか分からないし、上手(うま)くアルバイトを使える自信もない。それに、この店は普通ではないのだから。

「よし！　がんばろう！」

かの子は気合いを入れた。誰もいない作業場で、和菓子作りを始めた。一時間ほどで作り終えた。すると、それを待っていたかのように、可愛らしい音が耳に届いた。

——からんころん。

かのこ庵に客が来たようだ。作業場にいても気がつくように、入り口にドアベルを付けてもらった。からんころんは、その音だ。どことなく和風な感じの音がするドアベルだった。

「いらっしゃいませ！」

声を上げてから、店内に向かった。朔やくろまる、しぐれがいるはずだが、客の相手をするのも自分の仕事だ。何もかも一人でやるのは大変だけれど、人を雇わずにやっている和菓子店はいくらでもある。そもそも今のところ、アルバイトを雇わなければならないほど客は来ていない。

かの子が店に行くと、猫の鳴き声が聞こえた。

「にゃあ」

そこにいたのは、茶トラ――レッドタビーと呼ばれる柄の猫だった。すらりとした体型の成猫で、その名前の通り赤みがかった被毛をしている。柿の色に少し似ている感じだ。

野良猫や近所の猫が紛れ込んできたわけではない。れっきとした客――ほとんど唯一の常連客だった。

「いらっしゃいませ、木守（きまもり）さま」

名前を呼ぶと、挨拶（あいさつ）が返ってきた。

「こんばんは」

穏やかな男の声だった。さっきと違い、猫の鳴き声ではない。かの子には、人間の言葉に聞こえる。

かのこ庵を訪れるのは、妖（あやかし）と幽霊ばかりだった。御堂神社そのものが、人ではないものたちが集まる場所なのだ。

だから、かのこ庵は、妖や幽霊が活発に活動する夜だけ営業する。昼間は、店そのものが見えなくなってしまう。朔が結界を張っているらしい。

この木守は、柿の木の妖である。長い年月を経て妖力を持つようになったという。この猫の姿の他にも変化（へんげ）することができた。どんな姿に化けるかと言えば――。

「つい猫の姿で来てしまいましたが、これでは和菓子を食べにくいですね」

木守は独り言のように呟き、店内に置いてある縁台の陰に隠れた。朔やくろまる、しぐれは店の外にいるらしく、この場には、かの子と木守しかいない。

かくれんぼをするように姿を隠した木守を見ても、不思議だとは思わなかった。何をやろうとしているのか知っていたからだ。最初は驚いたが、いつの間にか慣れてしまった。もう何度も見ている。

「お待たせいたしました」

何秒も経たないうちに、声とともに十八歳くらいに見える青年が現れた。白い襦袢に赤茶色の着物を身にまとい、黒い帯を締めている。そして着物と同系の茶色がかった髪を長く伸ばし、うしろで軽く縛っている。ほっそりとした体型をしていて、女性のようにやさしげな容貌をしていた。人間に変化した木守の姿である。朔とは違う種類の二枚目だった。

「いつも場所をお借りしてすみません」

上品に一礼し、やさしげな声で注文した。

「本日の和菓子をいただけますか」

それしか選択肢はなかった。いろいろな種類の和菓子を置きたい気持ちはあったが、かの子一人では手が回らないし、まだまだ客も少ない。だから品数を絞っていた。一品しかない日も珍しくなかった。

「おはぎになりますが、よろしいでしょうか？」

〝おはぎ〟と〝ぼた餅〟の違いについては争いがあるけれど、かの子は気にしていなかった。かのこ庵では、〝おはぎ〟で統一している。木守も気にしていないようだ。

「ええ。大好物です」

穏やかな声で返事をしてくれた。猫語にもなっていないし、木守は目を細めている。少なくとも、おはぎを嫌いではないようだ。

「こしあん、つぶあん、きなことありますが、どれにしましょうか？」

今日は三種類のおはぎを用意してあった。店を開けたばかりということもあって作ったばかりだ。

「どれも美味しそうですね」

木守が迷った顔を見せた。かのこ庵に毎日のように来てくれるが、いつも一つしか購入しない。柿の木の妖は、小食みたいだ。

「迷いますね」

首を傾げて考え込んでいる。どんなに時間がかかっても、かの子は急かさない。どれを買おうかと悩むのも、和菓子店での楽しみだ。人間も妖も、それは同じだろう。

だが、それを邪魔する声が割り込んできた。質問されてもいないのに、返事をするものがあったのだ。

「三種類食べるに決まっていますわ！」

「当然でございますぞ！」

しぐれとくろまるだ。店の外で聞いていたらしく、入り口の扉からのぞき込むようにして叫んでいる。

「邪魔をしては駄目だぞ」

そう注意したのは、朔の声だ。しぐれとくろまるに言い聞かせるような口調だ。姿は見えないが、そばにいるのだろう。

「邪魔ではございませんぞ！」

「そうですわ！　先輩としてアドバイスをしているのですわ！」

くろまるとしぐれが言い返す。何の先輩かは謎である。客がいるときに口を挟むのは褒められたことではないが、木守は笑っていた。しぐれとくろまるのことをよく知っているのだ。

「では、三種類ください。私ひとりでは三つは多いですが、しぐれさんとくろまるさんが味見を手伝ってくれるようですから」

ちびっこ眷属（けんぞく）ふたりが即座に返事をした。

「そこまで言われては仕方ありませんニャ！　特別に手伝ってあげてもよろしくてよ！」

「いくらでも手伝いますぞ！」

明らかによろこんでいた。これでは、どちらが客なのか分からない。

「ありがとうございます」

木守が頭を下げ、話がまとまった。朔はため息をついたが、何も言わなかった。そんな鎮守に向かって、やさしい柿の木の妖が声をかけた。

「朔さんもご一緒にいかがですか？」

「そうだな。では、もらおう」と朔は答えた。相変わらずの素っ気ない口調だったけれど、嫌ではなさそうだ。

「かしこまりました」

かの子は、その場にいる全員に言った。みんなに食べてもらえることがうれしかった。

◯

飲食スペースを設けている和菓子店は珍しくない。昼間の和三郎の話ではないが、最近ではカフェを併設するケースも増えていた。和菓子は、日本茶だけでなくコーヒーとも相性がいい。和菓子店がカフェを作ろうと思うのは、当然の流れなのかもしれない。かのこ庵でも、購入した和菓子をその場で食べることができる。店内と外に縁台を置いてあるのはそのためだ。

「少し寒いが、外で食べるとするか」

朔が提案すると、木守が応じた。

「ええ。いい月が出ていますからね」

声が弾んでいる。しぐれやくろまるもそうだが、妖や幽霊たちは月の光を浴びるのが好きなようだ。

真冬なのだから当然だが、外の空気は冷え切っている。しかし、かのこ庵の店前の縁台は、それほど寒くはなかった。さすがに暖かいとまでは言わないけれど、作務衣だけしか着ていなくても震えることがなかった。

少し前に、朔が「野点傘を立ててるからな」と言っていた。店の飾りかと思っていたが、何か不思議な術がかかっているのかもしれない。朔は、鎮守であると同時に陰陽師の末裔でもあった。誰もが驚くような不思議な術を使える。

「では、お持ちしますね」

木守に言葉をかけてから、和菓子を取りに作業場に戻ろうとした。そんなかの子の背中に、くろまるとしぐれが注文をつけてきた。

「熱いお茶も所望しますぞ！」

「わたくし、玉露を飲みたくてよ」

誰が客なのか分からないが、木守が楽しそうに笑っているので問題ないだろう。ちなみに、かのこ庵に玉露は置いていない。

かの子は作業場に戻り、おはぎとお茶を野点傘の下に運んだ。木守が買ってくれたのは三つだが、それではたぶん足りない。いくつか追加し、つぶあんとこしあんのおはぎは食べやすいように半分に切っておいた。

「お待たせいたしました」

かの子が言うと、客である木守より早く、くろまるが主張した。

「姫、我はつぶあんを所望いたしますぞ！」

「くろまるは分かってないわね。通は、こしあんですわ」

しぐれが威張った。守銭奴幽霊が、おはぎ通だとは知らなかった。

「それは違いまする！　通が好むは、つぶあんですぞ！　平安の昔より、おはぎはつぶあんと決まっておりまする！」

　くろまるが平安時代から存在していたのは事実のようだが、おはぎがそんな昔からあったのかは疑問であった。『宇治拾遺物語』に登場する「かいもちひ」という食べ物が、おはぎを指すという説があることは知っているけれど、現在のおはぎとは異なるものだという主張もあるようだ。

「つぶあんと決まっておりまするって、誰が決めたのよ？」

「我でございまするぞ！」

「そんなの、意味ないわ！」

「いや、ございまする！」

　収拾がつかなくなっていた。いわゆる『つぶあん・こしあん論争』であった。定番の言い争いだけに、決着はつきそうにない。微笑ましいと言いたいところだが、このふたりは、すぐムキになる。今にも取っ組み合いを始めそうだった。

どうしたものかと思っていると、朔が口を挟んだ。

「せっかく半分に切ってくれたのだから、三種類とも食べるといい。どれも上手くできている」

「私も三種類いただきます」

そう言ったのは、木守であった。神社の常連でもある柿の木の妖は、くろまるとしぐれの性格を熟知している。

「我も全部食べますぞ！」

「わたくしも食べてあげてよ！」

打てば響くように、食い意地の張った眷属ふたりが主張したのだった。

○

「では、つぶあんから」

かの子は仕切り直すように言い、おはぎを小皿に取り分けてやった。しぐれはともかく、くろまるは猫なので自分では取れない。猫に人間の食べ物は毒になる場合が多いが、本当の猫ではないので大丈夫だろう。

「実食いたしますぞ！」

くろまるが宣言するように言った。どこでそんな言葉をおぼえたのか分からないが、大張り切りで、つぶあんのおはぎをパクリと食べた。半分に切ってあるので、子どもでも一口で食べられる大きさだ。

そのおはぎをモグモグと咀嚼しゴクリと飲み込んでから、ふたたび大声を出した。

「美味しゅうございます！　小豆の食感が最高ですぞ！　やはり、つぶあんにかぎりますな！」

くろまるの感想は的を射たものだった。つぶあんは小豆の皮を残しているので、粒々した食感を楽しむことができる。ある意味、ワイルドな味わいだ。小豆の食感を楽しむのなら、つぶあんのほうがいいだろう。

「まあまあニャ。食べられないこともないですニャ」

しぐれは悔しそうな顔をしている。嘘を連発しているところを見ると、つぶあんのおはぎを気に入ってくれたようだ。すでに小皿は空だった。くろまると張り合っただけで、つぶあんが嫌いなわけではないのだろう。

「次は、こしあんを」

かの子が取り分けると、今度はしぐれが言った。

「実食ですわ！」

やっぱり、くろまると張り合っている。守銭奴幽霊は、こしあんのおはぎを口に運び、じっくりと味わってから、わざとらしく息を吐いた。

「この上品な食感と味わい。わたくしにぴったりですわ」

ぴったりの意味はよく分からないが、とりあえず満足してくれたようだ。そして、しぐれの言うように、こしあんの舌触りは滑らかでサラッとしている。小豆の皮を丁寧に取り除くことによって、クリームのような上品な食感となる。おはぎには、こしあんが使われることが多いだろうか。

くろまるも、こしあんのおはぎを食べ終え、感想を口にした。

「こしあんも悪くありませぬな」

持って回った言い方だった。しかも、つぶあんを食べたときに比べてテンションが低い。朔もその様子に気づいたらしく、黒猫の姿をした眷属（けんぞく）に質問した。

「何か不満があるのか？」

「と……とんでもございませぬニャ！　姫の作ってくださった和菓子に不満があろうはずがございませぬニャ！」

しぐれに続いて、くろまるが嘘をついた。実を言うと、これは珍しいことではなかった。いつも好き勝手なことを言っているように見せかけて、くろまるもしぐれも、かの子に気を遣ってくれる。

自分の作ったおはぎを褒めて欲しいという気持ちはあるけれど、駄目なところがあるのなら聞いておきたい。

「遠慮せずに言って」

他人の意見を聞いて、初めて分かることもあるのだ。しかし、くろまるはシラを切ろうとする。

「遠慮などは――」

「お願いします」

かの子が頭を下げると、くろまるがため息をついた。それから、観念したように話し始めた。

「美味しいのは本当でございます。ただ、我には物足りのうございまする。歯ごたえがないと申しましょうか」

こしあんは、舌の上で滑らかに溶ける。それを上品と感じるか、物足りないと感じるかはそれぞれだ。どちらが間違っているという問題ではなく、詰まるところ好みの差である。

でも、かの子はそう言わなかった。好みの差で片づけては、和菓子職人として成長できない。そして、『つぶあん・こしあん論争』は、今までの人生で何度も聞いていた。こしあんを物足りなく思うという意見があることも知っている。それに対する解決策とまでは言わないが、ある方法をちゃんと考えてあった。

「きなこのおはぎを食べてもいいでしょうか？」

木守が、唐突に口を開いた。見れば、穏やかな笑みを浮かべている。かの子の工夫に気づいたのかもしれない。

「そうだな。おれももらおう」と朔も言った。

「はい」

かの子は、きなこのおはぎを取り分けた。ただのきなこのおはぎではない。くろまるの不満を解決できる工夫をしてあった。

「これだけ半分に切ってないのでございますな」

今ごろ気づいたようだ。くろまるが首を傾げながら聞いてきた。

「大盤振る舞いでございますか？」

「どうして、くろまるに大盤振る舞いする必要があるのよ。お金だって払っていないのに」

そう言ったのは、しぐれだ。責めるような口調であったが、自分だって代金を払っていない。

「では、どうして丸ごとなのでございますか？」

「わたくしに聞かないで欲しいですわ」

しぐれが、そんな返事をした。きなこのおはぎだけ丸ごと出した理由は分からないようだ。

「しゃべってないで食べたらどうだ」

朔が言うと、木守が続けた。

「では、お先にいただきます」

そして、きなこのおはぎを口に運ぶ。じっくり味わうように咀嚼し、やがて思わせぶりな笑顔になった。

「やっぱり、そういうことですね」

「そうだ。そういうことだ」

朔が頷いた。まだ食べていないのに、かの子の工夫に気づいているようだ。まあ、それほど珍しい工夫ではないので、気づくのは当然なのかもしれないが。

一方、ちびっこ眷属たちは分からないようだ。

「どういうことでございますかな？」

「ふたりだけで納得してないで、わたくしにも分かるように言ってくださらないかしら」

質問とも文句ともつかない台詞を口々に言いながら、かの子と朔、木守の顔を見ている。

「いいから食べてみろ。説明を聞くより早い」

「そうですね。きっと気に入ると思います」

朔が言い、木守が頷くと、くろまるとしぐれが納得いかない顔になった。

「我は、きなこのおはぎはあまり……」

「わたくしも、あんこのおはぎのほうが好きでしてよ」

きなこのおはぎには、惹かれていないようだ。おはぎといえば、あんこを想像する者も少なくない。

「そうか。ならば片づけてもらうとするか」

朔の言葉を聞いて、眷属ふたりが慌て出す。

「食べますぞ！」

「し、仕方ありませんニャ！　そこまで言うなら、食べてあげないこともなくてよ」

あんこのおはぎのほうが好きだろうと、食べないのは惜しいのだろう。くろまるとしぐれは慌てた様子で、取り分けられたきなこのおはぎをパクリと食べた。

半分に切ってはいないが、そこまで大きくは作っていない。スーパーやコンビニで売られているものより一回り小さいサイズである。あえて譬えるなら、中華料理の小籠包くらいの大きさだ。

あっという間に食べ終え、くろまるとしぐれは目を丸くした。驚いている。狙い通りだった。

「ゴマの香りがいたしましたぞ！」

くろまるが叫んだ。きなこに白ゴマをすって混ぜたのだ。ほんの少量でも、ゴマは存在感がある。香ばしい味わいが口いっぱいに広がるはずだ。

また、かの子の工夫はそれだけではなかった。それを指摘したのは、守銭奴幽霊のしぐれであった。

「きなこのおはぎなのに、こしあんの味がしますわ！」

テンションが上がっている。こちらも珍しい工夫ではない。もち米であんこを包み、その上にきなこを塗したもので、多くの店で見られるおはぎだ。だが、しぐれとくろまるは喜んでいる。

「わたくしの友達なだけありますわよ！」

「さすが姫でございますな！　美味しゅうございますぞ！」

こしあんに否定的だったくろまるも、きなことゴマの風味が足されることによって満足したようだ。

「本当に美味しいですよ」と、木守も褒めてくれた。

そっと朔の顔を見ると、目が合った。相変わらずの無表情だが、その視線はやさしい。かの子に温かいまなざしを向けて、小さく頷いてくれた。たったそれだけのことなのに、顔が熱くなった。うれしかった。

もしも、朔と出会わなかったら。この神社にやって来なかったら。かの子は別の人生を歩んでいた。きっと、独りぼっちで暮らしていた。和菓子職人をやめていたかもしれない。こうして、誰かに「美味しい」と褒められることもなかっただろう。

朔と出会えてよかった。

くろまるやしぐれに出会えてよかった。

木守に出会えてよかった。

御堂神社にやって来てよかった。

この人生を歩むことができてよかった。

心の底から、そう思う。勤めていた竹本和菓子店を解雇されて、自分はついていないと嘆いていたが、その結果、この場所にやって来ることができた。

「新しいお茶を持ってきます」

かの子は、みんなに背を向けた。そうしなければ、泣いてしまいそうだったからだ。すでに涙があふれかけていた。

涙を呑み込む言葉を、泣かずに済む言葉を、かの子は一つだけ知っている。朔やくろまる、しぐれたちに教えてもらった呪文だ。

——ありがとう。

ありがとうの言葉を伝えるために生きている。ありがとうと言える相手がいるだけで救われることがある。

「みんな、ありがとう……」

かの子は声に出さずに呟き、かのこ庵に入っていった。

最中

最中は、もともと中秋の名月を指す言葉だった。平安中期の歌人・源順の「池の面に　照る月なみを　数うれば　今宵ぞ秋の　もなかなりけり」(『後撰和歌集』)は白く丸い餅を中秋の名月に見立てたもので、古くは白くて丸い菓子を「最中の月」と呼んだという。

「美しい和菓子の図鑑」二見書房

木守はその名の通り、人間を見守る妖だ。柿が植えられている畑の持ち主一家を見守りながら、四百年もの長い歳月をすごしている。だから和菓子を食べに来ても、長っ尻をすることはなかった。このときも、そうだった。

「また参ります」

料金を支払うと猫の姿に変化し、深川の夜に消えていった。畑に帰るのだろう。

木守がいなくなると、手持ち無沙汰になる。かのこ庵を訪れる客はまだ少なく、木守だけしか来ない日も珍しくなかった。当然だが売上げも芳しくない。一億一千万円を稼ぐまでの道のりは遠そうだ。

(焦っても仕方ない)

そう思いはしたが、朔に申し訳ない気持ちがあった。一億一千万円は、誰にとっても少ない金額ではない。だからと言って、どうすれば借金を返せるかは分からなかった。そんな大金を稼ぐ方法を思いつく人間は、それほど多くはないだろう。しかも、こうしている間も利息がついていく。

かの子が小さくため息をつき、皿や湯飲みを片付け始めたときだった。朔が呟くように言った。

「今日は大繁盛だな」

「え？」

朔を見ると、境内のほうに目を向けていた。つられて、かの子も、そっちを見た。一匹の白猫がこちらに歩いてくる。初雪のように白い猫だ。毛並みは美しく、夜の精霊のようにも見える。

「あの子は……」

言葉が漏れた。見覚えがあったのだ。竹本和菓子店で見た猫だった。だが。

「幽霊だな」

朔が応じた。本物の猫ではないという意味だ。その声が聞こえたのだろうか。ふいに、白猫が光を発し、ぐにゃりと姿を変え始めた。見る見るうちに、中学生くらいの女の子になったのだった。

もはや間違いない。竹本和菓子店で見た少女だ。髪が長く、クラシックなシルエットの白いワンピースを着ている。顔立ちはフランス人形のように整っていて、控え目に言って美少女だった。ただ、どことなく気の強そうな雰囲気を漂わせていた。整いすぎている容貌のせいで、そう感じるだけかもしれないが。

「見たことのない顔ですわ」

「我とも初対面でございますぞ」

しぐれとくろまるが口を挟んだ。朔も知らないようなので、御堂神社にやって来たのも初めてなのだろう。

少女は、白玉砂利を踏んでこっちにやって来た。神社ではなく、かのこ庵に用事があるようだ。それ自体に問題はない。妖や幽霊相手の和菓子店なのだから、幽霊が訪れるのは当たり前だ。

だが、気になることがあった。さっき、この少女に睨みつけられているような感じがしたのだ。何か怖い。それでも、店長として挨拶しなければならない。

「い……いらっしゃいませ」

がんばって言葉を押し出したのだが、少女は返事をせず、斬りつけるように問いを発した。

「あなたが、かの子ね」

名前を知られていた。しかも、呼び捨てだ。まあ、相手は幽霊である。見た目は年下だが、本当の年齢は分からない。

「は……はい」

とりあえず頷き、少女に問いかけた。

「今日、竹本和菓子店にいらっしゃいましたよね」

「いたわよ。悪い？」

ふたたび斬りつけるように聞かれた。睨まれていると感じたのは、気のせいではなかったようだ。攻撃的である。敵意があった。ほとんど初対面なのに、明らかに嫌われている。

「悪いだなんて……」

どう答えていいか分からず、もごもごと応じると、今度は、少女が刃を突き立てるように問いかけてきた。

「あらたくんのこと、どう思ってるの？」

唐突すぎて、誰のことを言っているのか分からなかった。

「え？　あらた……くん？」

漢字に変換することもできずに聞き返すと、少女が思い切り顔をしかめた。

「わざとらしい。竹本新くんのことに決まってるじゃないの」

かの子が惚けている、と思ったようだ。決まっていると言われても、思い浮かばなかったのだから仕方あるまい。

「で、どうなのよ？　新くんのこと、どう思っているのよ？」

漢字に変換できたが、返事に困るのは変わらない。なぜ、そんな質問をされるのかも分からなかった。

「黙ってないで、どう思っているのか答えて！」

強い口調で急かされた。

「どうって……」

何とも思っていないし、むしろ苦手である。しかし、世話になっている和三郎の息子だ。下手なことは言えない。大人の女性としては、当たり障りのない返事をしておくべきだろう。

そう決心し、その当たり障りのない言葉をさがしたが、残念なことに見つからなかった。心の底から何とも思っていない証拠である。

だが、少女は別の解釈をした。

「答えたくないってこと？　私なんかには言えないってこと？」

その言葉には、さっきより強い怒りがこもっていた。何がなんだか分からないうちに、名前も知らない少女の幽霊に責められている。

助けを求めて周囲を見ると、くろまるとしぐれは驚いた顔で黙っていた。少女の剣幕にびっくりしたのだろう。

助け船を出してくれたのは、やっぱり朔だった。落ち着いた口調で少女の幽霊に言葉をかけた。

「いきなり現れて捲し立てるな。かの子に話があるなら、まず名乗ったらどうだ」

神社では、鎮守は絶対の存在だ。何人たりとも、その言葉に従わなければならない。朔には威厳もある。少女はしゅんとし、

「……すみません。つい興奮してしまいました」

丁寧な言葉遣いで謝ったのだった。話の分からない幽霊ではないようだ。すると、ますます責められた理由が分からない。

「興奮するようなことがあったかしら」

しぐれが首を傾げている。もっともな疑問である。続いて、くろまるが少女に問いかけた。

「どなたでございますかな？」

「は……はい。白石レナです」と名乗ったのだった。かの子以外に対しては素直であった。

「幽霊なのは分かりますわ。わたくしは、江戸時代の生まれですわ。レナさんは、いつの時代の方かしら？」

しぐれが聞いた。面倒見のいい先輩が、新入りに話しかける口調である。

「平成です」

その返事を聞いて、くろまるとしぐれが騒めいた。

「若者でございますな！」

「つい最近ですわ！」

このあたりの感覚は、人間の中高年者と変わらないようだ。ちなみに、かの子も平成生まれである。

朔が話を整理するように質問をした。

「竹本新のことを聞いていたが、どんな関係だ？」

「はい。新くんの中学校の同級生です」

レナの返事に、かの子は驚いた。

か？

「同級生？」

「文句あるの？」

レナに凄まれた。かの子にだけ当たりがキツい。言葉遣いまで違うのは、なぜだろう

「文句なんて……」

「だったら、一々、驚かないでもらえる？　話が進まないんですけど」

今度は因縁を付けられた。何を言っても嫌な顔をされる。

「話が進まないのは、おまえが喧嘩腰だからだ」

ふたたび朔が口を挟み、半ば無理やりに話を進めた。

「ここに来たということは、何か用事があるのだろう？」

「は……はい」

レナは頷き、ようやく事情を話し始めた。

○

白石レナは、生まれつき身体が弱かった。

物心つく前から入退院を繰り返し、何度も何度も手術をしている。自宅より病院にいる時間のほうが長かった。せっかく入った中学校にも、数えるほどしか行っていない。

そのことが悲しくて、毎日のように泣いていた。

両親は、泣いてばかりいるレナをやさしく慰めてくれた。

「大丈夫だ。きっと元気になる」

「そうよ。もう少しすれば病気も治って、学校に毎日行けるようになるから」

だけど嘘だ。

子どもでも親の嘘は分かる。いや、子どもだから分かる。両親に慰められるたびに、自分は長生きできないんだと察した。

生まれてきてから、十二年ちょっと。

ほとんどの時間をベッドの中ですごしている。立ち上がっただけで息が切れて、胸の奥が苦しくなることもある。そんな自分が元気になれるとは思えなかった。病気が治るなんて思えなかった。

でも、それでも、ときどき想像することがある。ときどき夢を見てしまうことがある。

――友達と道を歩く。

――コンビニやファミレスでアルバイトをする。

――電車やバスに乗ってどこか遠くへいく。

レナは、誰もがやっていることをやってみたかった。小さな自由に憧(あこが)れていた。自分の部屋と病院以外の世界を知りたかった。

でも、そのことは口には出せない。言ったら両親が、レナのために嘘をつくと分かっていたからだ。これ以上、父や母に嘘をつかせたくなかった。

だから、ベッドの上で想像する。元気になった自分の姿を思い浮かべる。学校に行ったときのことを思い返す。

レナが在籍しているのは、地元の公立中学校だ。身体の調子がいいときに、担当医の許可を得た上で何度か行った。誰も彼もが病気のことを知っていて、担任もクラスメートたちも、レナを腫れ物に触るように扱った。そして、学校に行った次の日は必ず寝込んだ。疲れてしまうのだ。この調子では、やっぱり何もできない。

（何のために生まれてきたんだろう？）

部屋の天井を見ながら、ぼんやりと考えた。人並みのことは何もできない。楽しかった記憶もない。知っているのは、病気の辛さだけだ。

（苦しむために生まれてきたみたい）

自分だけではなく、父や母も苦しんでいる。お金だって、たくさんかかっているだろう。

「私なんか、生まれてこなければよかったのに……」

誰もいない部屋で呟いた。そう呟くと、涙がこぼれた。

○

その日も、朝から横になっていた。三日前に学校に行き、教室で倒れてしまったのだ。熱が出たが、入院はせずに済んだ。その熱も、もう下がっている。

それなのにベッドから起き上がらなかったのは、身体が辛かったからというよりも、悲しかったからだ。悲しくて悲しくて、身体に力が入らなくなった。両親だけではなく、学校の先生やクラスメートにも迷惑をかけてしまった。

（もう学校に行くのはやめよう）

レナはそう決心した。外に出たいと思うのはやめよう。このまま、ずっとベッドに横たわってすごそう。

（どうせ死んでしまうのだから）

学校に行っても、何の意味もない。外に出る意味もない。苦しくなるだけだ。悲しくなるだけだ。

そんなふうに辛い気持ちで落ち込んでいると、部屋のドアがノックされ、母の声が聞こえた。

「お客さんよ、レナ。竹本くんがプリントを持ってきてくれたわよ」

その名前を聞いたとたん、身体に力が入った。病気とは関係なく、心臓がドキドキして、頬のあたりが熱くなった。

――竹本くん。

学級委員の竹本新のことだ。勉強がよくできて真面目で、学校の先生にも信用されている。男子にも女子にも人気があった。担任に頼まれるらしく、ときどきプリントや授業のノートを持ってきてくれるのだ。

レナは、新のことが好きだった。プリントを持ってきてくれたときだけ、それも体調がいいときだけ、軽く言葉を交わすだけの間柄だが、ずっと片思いしている。伝えることのできない思いを心の奥底に秘めていた。

母は、娘のそんな気持ちを知っているようだった。いつもより明るい声で聞いてきた。

「部屋に入ってもらう？」

「わ、私が下に行く」

慌てて答えた。こんな病人くさい部屋に新を入れられるわけがない。急いで着替えて、髪の毛を整えて客間へと向かった。その足取りは軽かった。

◯

担任に仕事を押し付けられて迷惑だろうに、新は嫌な顔一つ見せない。いつだって落ち着いた顔をしていた。

この日もそうだった。レナが客間に行くと、静かにソファに座っていた。これから買い物にでも行くつもりなのか、小さな保冷バッグを脇に置いている。

「ゆっくりしていってね」

母はお茶を出して、客間から出ていった。気を遣って二人にしてくれたのだろうが、レナはどうしていいのか分からない。同い年の男子どころか、女子ともあまりしゃべったことがなかった。恥ずかしくてうつむいていると、新がプリントとノートをテーブルに置いた。

「授業のやつ。分からないことがあったら聞いて」

淡々とした口調だった。教室にいるときと変わらず、女子である自分と二人きりになっても照れている様子はなかった。ただ、これで用事は終わった。新は帰ってしまうだろう。

(何もしゃべれなかった……)

自分のふがいなさに落胆した。お礼さえ言うことができない。だけど、新の話は終わっていなかった。脇に置いた保冷バッグを手に取り、ふたたび、レナに言葉をかけてきた。

「お土産を持ってきたんだ」

意外な言葉だった。お見舞いではなく、お土産？

「私に？」

「うん。白石に」

新は小さく頷（うなず）いて、レナの名前を呼んでくれた。そして、手に取った保冷バッグを開けて、中身を取り出し、テーブルにそっと置いた。

「よかったら食べて」

それは、最中だった。新の家は、有名な和菓子屋だ。最中を持ってきてもおかしくはないけれど、どうして保冷バッグに入っているんだろう？　常温で大丈夫だったような気がするが……。

もしかして、特別な最中なのかもしれない。とにかく、お土産を持ってきてくれたことはうれしかった。甘いものは大好きだし、食べすぎなければ禁止されていない。そして何より、新からもらったということがうれしい。

「ありがとう」

「早く食べたほうがいいやつだから。今、食べないんなら冷やしておいて」

やっぱり特別な最中みたいだ。竹本和菓子店には、いろいろな最中が売られているのだろう。一度でいいから行ってみたかったけど、それは口に出せない。お店で倒れたら迷惑をかけてしまう。

「うん」

レナは返事をした。とりあえず冷蔵庫に入れておこうと、もらった最中を手に取り、ぎょっとした。とても冷たかったからだ。保冷バッグに入っていたせいにしても、かなり冷えている。

目を丸くしていると、新が説明を加えた。

「それ、小倉アイスの最中なんだ」

「……そうなんだ」

がっかりした声が出てしまった。レナは乳製品にアレルギーがあった。アイスクリームは食べられない。

「アレルギー、あるんだよね」

これも新の言葉だ。どこで聞いたのか分からないが、レナが乳製品を駄目なことを知っていた。

（それなのにアイス最中を持ってきたの？）

レナは首を傾けた。不思議だった。新に意地悪をされているとは思わなかった。新はそういうタイプではない。

「そのアイスは大丈夫なやつだから」と、少し慌てた口調で付け加えた。乳製品アレルギーでも食べられるアイスということのようだ。豆乳で作ったものなのかもしれない。両親が買ってきてくれて、何度か食べたことがあった。でも、あまり美味しくなかった記憶がある。

「白石が食べても平気だと思うけど、無理しなくていいから」

新は言ってくれた。また名前を呼んでくれた。

「うん！　無理しない！　でも食べたいから、ちょっと食べてみるね！」

普通に返事をしたつもりなのに、声が弾んでいた。正直、豆乳のアイスは好きではなかったけど、気を遣ってくれたことがうれしい。新といると、よろこんでばかりいる。

ベッドから起き上がることさえできなかったのが嘘みたいだ。

「いただきます」

レナは、アイス最中を頬張った。冷たい甘さが口いっぱいに広がり、ゆっくりと溶けていく……。

「美味しい」

そう言ったのは本心だった。お世辞でも何でもない。両親が買ってきたアイスとは、まるで別物だ。

「それはよかった」

新が、ほっとしたように微笑んだ。レナの顔も綻んでいたはずだ。結局、アイス最中を丸ごと一つ食べてしまった。

○

「また来るから」

約束するように言って、新は帰っていった。その約束は守られたが、レナは新と話すことができなかった。

アイス最中を食べた一週間後のことだった。夜中に胸が苦しくなり、息ができなくなった。母を呼ぼうとしたが、声が出ない。どうすることもできなかった。

そのまま動けずにいると、急に楽になった。急に胸の苦しみが消えた。身体が軽くなった気がした。レナは、いつの間にかベッドから離れていた。

(起き上がった記憶もないのに、どうして立っているんだろう?)

不思議に思ったが、それは一瞬のことだった。視線を移すと、ベッドに横たわる自分の身体があった。その身体はぴくりとも動かない。魂が身体から抜けたのだった。戻ろうとしたけど、二度と身体に入ることはできなかった。

とんでもない事態なのに、レナは落ち着いていた。自分の身に何が起こったのか分かったのだ。

確認するように、ベッドに横たわる自分の身体に触れてみた。冷たかった。息をしていないし、心臓も動いていなかった。

「私、死んじゃったんだ」

声に出して呟いてみた。

不思議と悲しみはなかった。ずっと死ぬことが怖かったけど、実際にこうなってみると平気だった。死ぬことを恐れていた時間のほうが辛かった。

「お疲れさま」

レナは、魂の抜けた自分の身体に言った。改めて自分の死に顔を見ると、ほっとした表情をしていた。それは、正直な気持ちだったのかもしれない。

これで両親に迷惑をかけずに済む。病気で苦しまなくて済む。自分を哀れんで泣かなくて済む。十二歳で死んでしまったレナは、そう思った。これでよかったんだ、と自分に言い聞かせた。

○

「信じてもらえないかもしれないけど、死んじゃって残念だと思わなかったの」

レナは肩を竦めて見せた。強がっているようには見えなかった。かの子が考えるより、死は呆気ないものなのかもしれない。

だけど、疑問があった。分からないことがある。同じ疑問を抱いたらしく、くろまるが質問をした。

「残念だと思わないのに、なぜ成仏しないのでございますかな？」

この世に思い残すことがないなら、幽霊として留まっている理由が分からない。レナが返事をするより先に、しぐれが口を開いた。

「くろまるは本当に馬鹿ね。そんなことも分からないなんて、御堂神社の眷属として恥ずかしいですわ」

ひどい言われようだが、くろまるは凹まない。即座に聞き返す。

「しぐれは分かるのでございますか？」

「当然よ」

「では、教えてくだされ。なぜ成仏しないのでございますか？」

「アイス最中を食べたいからに決まってますわ」

しぐれが胸を張ったのであった。レナが頷いた。

「そうね。食べられるものなら食べたいわ。とっても美味しいアイス最中よ。この店にあるのかしら？」

持って回った言い方だったけど、若くして死んだ少女が、思い出の甘味を食べたいというのは納得できた。しかし。

「ありません」

かの子は正直に言った。嘘はつけない。専門学校時代を含めて、アイス最中を作ったことはなかった。

すると、朔が口を挟んだ。

「なければ、作ればいい」

呆気ないほど、簡単に言ったのだった。そして、この一言で方針は決まった。

「かの子に作れるの？」

レナに問われた。相変わらず呼び捨てである。返事をしようとする暇もなく、ちびっこ眷属ふたりが答えてしまった。

「申すまでもございませぬ！　姫は、和菓子作りの天才ですぞ！」

「そうよ！　かの子に作れない和菓子はなくてよ！」

恐ろしいことに、本気でそう思っているようだった。信用してもらえるのはうれしいが、さすがにハードルを上げすぎである。残念ながら天才ではないし、作れないものもたくさんある。

それ以前に、アイスクリームは和菓子ではあるまい。しかも、レナは乳製品アレルギーときている。

断るべきかもしれないけれど、かの子は断らなかった。かのこ庵は妖（あやかし）や幽霊の多くにとって、自分の食べたいものを主張できる唯一の店なのだ。ここに目的の和菓子がないからと言って、他の店に行くことは難しいだろう。

また、小倉アイスの最中（もなか）と聞いて、ぴんと来るものがあった。

「明日でよかったら用意します」

「明日?」

「はい。ただ、ここではアイスはやっていないので――」

「言い訳はいい。明日の夜に来るから用意しておいて。あなたに美味しいアイスが作れるとは思ってないけど」

またしても、ひどい言われようだ。かの子になど期待していないと言わんばかりの台詞（せりふ）であった。

「じゃあ、帰る」

話を切り上げるように言って、白猫の姿に戻った。そして、やって来た道を戻っていった。振り返ることなく深川の夜に消えた。

白猫のレナの姿が見えなくなると、くろまるとしぐれが言った。

「これで、あの娘も成仏できますな」

「間違いなくてよ」

朔は何も言わなかった。レナが何をしようとしているのかに気づいていたのかもしれない。

○

クリームなどの乳製品を主材料に、糖類・香料などを加え、かきまぜて空気を含ませながら凍らせた氷菓子。厚生労働省令では乳固形分一五パーセント（うち乳脂肪分八パーセント）以上のもの。


アイスクリームを広辞苑で引くと、そう書いてある。

その定義からすると、乳製品を使っていないアイスクリームは存在しないことになる。

ただ、アイスキャンディーやシャーベットなどの氷菓も「アイス」と呼ぶ場合が多い。

「最近は、アイスもいろいろあるけど」

かの子は呟いた。アレルギーに配慮したアイスクリームも存在する。しかし、レナが食べたのは十五年以上も前のことだし、新がお土産に持ってきたものだ。いくら子どもだったとはいえ、あの新が持ってきたものである。

「牛乳を使わずにアイスを作れますの？」

「姫、大丈夫でございますか？」

しぐれとくろまるが心配してくれる。かの子を天才だと言い放っていたけれど、やはり不安なようだ。

かの子だって不安だが、引き受けたからには全力を尽くさなければならない。

「とりあえず作ってみようと思う」

そう言うと、いつもの台詞が返ってきた。

「完成したら味見をしてあげてよ！」

「味見は、我にお任せあれ！」

このふたりは甘い物が好きで、アイスにも目がないようだ。

「アイスクリンの時代から賞味しておりまする！」

「わたくしも、百五十年前から食べているわ！」

時代の生き証人であった。いや、妖と幽霊なので生きてはいないか。とにかく、日本人とアイスクリームの歴史は意外に古い。今からおよそ百六十年前の幕末のころ、万延（まんえん）元年（一八六〇）に、遣米使節新見正興（しんみまさおき）が「アイスクリン」を食べたという記録があるくらいだ。

「でも、アイスってそんなに簡単に作れるの？」と、しぐれに問われた。今さらの質問である。

「はい」

かの子は頷いた。アイスクリーム自体は、家庭でも作れるものだ。それに。

「アイスクリーム機が、作業場にありましたから」

かのこ庵にある道具をそろえたのは、かの子の祖父・玄である。生粋の和菓子職人である祖父がアイスクリーム機を買うなんて、あの店のアイスに興味があったとしか思えない。

アイス最中を作ってみようと思ったのは、朔の言葉――「なければ、作ればいい」があったからだが、それに加えて、心当たりがあったからだ。あの店のアイスなら、新がお土産に選んでも不思議はない。

かくして、かの子はアイスを作ってみた。さっそく、しぐれとくろまるが味見をして感想を言った。

「……微妙ね」

「まずくはありませんぞ！」

客に出せるものではなかった。半人前の和菓子職人が、いきなり作れるものではなかったようだ。普通のアイスクリームだって作ったことがないのだから当然だ。予想していたことだった。だから、レナに「ここではアイスはやっていないので——」と断ったのだ。

もちろん、そう断ったからと言って、中途半端なものを出していいという理屈にはならない。夜が明けた後も、かの子は必死にアイスを作り続けた。でも、やっぱり、「微妙」で「まずくはない」程度のものしかできなかった。少しずつよくなってはいるが、何かが違う。何度試しても、砂糖の塩梅が分からなかった。

「どうしよう……」

ここまで難しいとは思わなかった。材料も作り方もシンプルなのに、あの店の味に近づけない。どうしても同じ味にならない。

くろまるとしぐれがいなくなってからも悩んでいた。頭を抱えていると、朔が作業場に入ってきた。そして、かの子に聞いた。

「味を見てもいいか？」

「は……はい」

かの子は頷いた。朔は、微妙な出来のアイスを食べた。

「もう少し砂糖を減らしたほうがいい。小さじ一杯分ほど減らしてみてはどうだ？」

淡々としていたが、迷いのない口調だった。かの子が驚いていると、朔がふと謝った。

「すまない。差し出がましいことを言った」

「そんなこと……」

ようやく言った。具体的なアドバイスにびっくりしたのだった。しかも、朔は続けた。

「湯島天神（ゆしまてんじん）近くにある甘味処『みつばち』のアイス最中を目指しているんだろう？」

問われて、いっそう驚いた。

「は、はい」

その通りだった。甘味処『みつばち』は、創業明治四十二年（一九〇九）の名店である。その店でアイス最中が初めて作られたのは、百年以上も昔——大正四年（一九一五）のことだ。日本最初の小倉アイスだとも言われている。材料は、至ってシンプルだ。

「小豆（あずき）と塩、砂糖、水だけでできているそうだな」

朔は、そこまで知っていた。まあ、知っていても不思議はない。『みつばち』は東京を代表する名店で、さまざまな雑誌やグルメサイトで紹介されている。インスタグラムで「#甘味処みつばち」と検索すると、たくさんの美味（おい）しそうな写真を見ることができる。

「何度か食べたことがある」

「そ、そうなんですか」

「そのときの味からすると、かの子の作ったアイスは少し甘い」

「甘い？」

「砂糖が強すぎる」

朔は言うが、砂糖を小さじ一杯分ほど減らしたほうがいいとは、いくら何でも具体的すぎる。

「そこまで分かるんですか？」

「ああ」

朔は頷き、今まで作った失敗作も食べた。

「こっちは砂糖が大さじ半分ほど少ないし、その隣にあるのは、塩が気持ち多すぎる」

指摘が、具体的で正確だった。こういう人間には会ったことがある。祖父もそうだったし、和三郎もそうだ。

「もしかして、食べたものに使われている材料や調味料が分かるんですか？」

「分かる」

ふたたび朔が頷いた。やっぱり、そうなのだ。かの子にないものを持っていた。

「それって、絶対味覚ですよね？」

一流の料理人などは、これを持っていることがある。テレビでも、ときどき取り上げられている。そういう意味では、必ずしも珍しい能力ではないのかもしれない。祖父や和三郎だけでなく、和菓子職人でも絶対味覚の持ち主はいるようだが、かの子にはないものだった。だから、味が決まらない。

そして、もう一つ、分かったことがあった。

「それで饅頭（まんじゅう）茶漬けを作れたんですね」

出会った日のことだ。朔は、かの子の祖父の作った饅頭茶漬けを再現してくれた。お茶をかけるだけとも思えるけれど、ご飯や饅頭の配分、お茶の濃さなど勘がよくなければ作れないものだ。

「難しいことは分からん。ただ、昔から味には敏感なんだ」

「そ……そうなんですか」

かの子が頷くと、朔が切り出すように言った。

「かのこ庵はおまえの店だが、おれの店でもある。手伝わせてくれ」

——かの子の居場所であると同時に、朔の居場所。

そんなふうに聞こえた。その言葉が嬉しかった。かの子の未熟なところを補ってくれようとしている。おまえは一人じゃないんだ、と言われた気がした。

「ありがとうございます！」

かの子は頭をさげた。これで、レナの思い出のアイス最中を作れそうな気がした。

○

夜になった。

深川の夜は賑やかだが、御堂神社のある一帯は静まり返っている。寒い冬の夜だからか、虫の音も聞こえない。

そんな中、くろまるとしぐれの声が響いた。

「姫、時間でございますぞ！」

「遅刻は罰金ですわよ！」

「うん」

かの子は頷いた。そして、かのこ庵を開けると、待ち構えていたようにレナがやって来た。かのこ庵の暖簾を出したとたん、白猫の姿が境内に見えた。

「戦いのときね」

「姫、出陣でございますぞ！」

しぐれとくろまるは血の気が多い。

「お客さまだから」

レナは敵ではない。あえて言うなら、戦う相手は自分の未熟さだ。そう思ったのだが、しぐれは賛成しなかった。

「まだ、お金をもらっておりませんわ。つまり敵ですわよ」

さすがは守銭奴幽霊である。基準が分かりやすい。

そうこうしているうちに、白猫が近づいてきた。かの子の前までやって来ると、昨日と同じように美少女の姿に変化した。

「アイス最中を食べに来たわ」

挨拶も抜きに言った。挑発するような口調だった。やっぱり好かれていないような気がする。

なぜ、こんな刺々しい態度を取られるのか分からなかった。頭を捻っても、嫌われる理由が思い当たらなかった。昨日まで話したこともなかったのだから、敵意を向けられるのは不思議だ。「私のことが嫌いですか？　何かしましたか？」と客に聞くわけにもいかず、かの子は話を進めた。

「用意しましたが、本来のメニューにはないものです」

念のため、昨日の言葉を確認するように繰り返した。朔のおかげでどうにか完成したが、付け焼き刃に作ったことは言っておかなければならない。

「何でもいいわ。あなたなんかに期待していないから」

レナが言い放った。とことん喧嘩腰だ。期待していないのなら来なければいいようなものだが、かのこ庵の他に妖や幽霊相手の店はないのかもしれない。

そう思っても、嫌われるのは応える。何もしていないのに、敵意を向けられているのだから。

凹みそうになったとき、くろまるとしぐれが声を上げた。

「我は期待しておりますぞ！」

「わたくしも、期待していないことはありませんわよ！」

かの子を応援してくれているのだ。今ではこんなに仲よしだが、最初はこのふたりにも嫌われていた。和菓子を食べることを拒まれたり、神社から追い出されそうになったりもした。

しかし、かの子を理由もなく嫌っていたのではない。くろまるにはくろまるの、しぐれにはしぐれの事情があった。レナだって同じだろう。

（きっと何か理由があるはず）

かの子は思い直した。理由もなく嫌ったりはしないはずだ。ただ、それが何なのかは想像もつかなかった。

——会ったこともない少女に嫌われる理由。

分からない。そして、客を目の前にして考え込んでいる暇もなかった。かの子は問いかけた。

「店内でお召し上がりになりますか？」

「ここでいい」

レナは素っ気なく言って、店前の縁台に腰を下ろした。

「我も外で待っておりますぞ」

「わたくしも外にいますわ」

そう言ったのは、くろまるとしぐれだ。ちょこまかと歩いて、レナの隣に座った。しかも、レナを挟むように腰掛けたのだった。

客の機嫌が悪かろうと、このふたりはマイペースである。少女の幽霊も、文句を言わなかった。棘（とげ）があるのは、かの子に対してだけだった。

○

店に入ると、朔が立っていた。外に行こうとしていたらしく、整った顔がすぐ近くにあった。かの子の胸が高鳴った。毎日会っているのに、朔がそばに来ると心臓が跳ね上がる。

ドギマギしていると、朔が言葉を発した。

「おれも立ち会おう。大丈夫だと思うが、相手は幽霊だ。かの子に万一のことがあったら困る」

——心配してくれる人がいる。

くろまるやしぐれだけではなく、朔までもが気を遣ってくれる。かの子のことを心配して、外に出て行こうとしていたのだ。

家族のいないかの子には、そのことがうれしかった。誰かに気にかけてもらえると思うだけで、心の奥が温かくなる。こんなに幸せなことはないだろう。

「あの……」

「何だ？」

聞き返す朔の声はやさしい。たいした用事があったわけでもないのに、かの子は緊張してしまった。

「ええと……。が、がんばります！」

間抜け選手権があったら、世界チャンピオンになれそうな台詞を言ってしまった。アイス最中はすでに完成しているのに、何をがんばるつもりだ？

自分に突っ込みを入れていると、朔が、かの子の頭に軽く手を乗せた。朔の癖みたいなもので深い意味はないのだろうけれど、こうされるたびに顔が熱くなる。自分の頬が赤くなっていることが分かった。

「楽しみにしている」

朔は言った。そして、かの子の頭から手を離し、店の外に出ていった。

からんころんとドアベルが鳴り終わった後、かの子は自分の頭に手を置いた。朔の手のひらのぬくもりが、まだ残っているような気がした。

○

「ふうん。これがそうなんだ」

アイス最中を持っていくと、レナが疑わしそうに言った。

「本当にあのときと同じやつなの？」

かの子を信用していないというより、思い出の甘味を前にして緊張しているようにも見える。

「同じように作ったつもりです」

他に返事のしようがなかった。レナがさらに何か言おうとするが、くろまるとしぐれが割り込んできた。

「早く食べぬと溶けてしまいますぞ！」

「その通りよ！　溶けたアイスなんて食べられたものじゃなくてよ！」

「最中がベチャベチャになりますぞ！」

「大惨事ですわ！」

大騒ぎで、せっついている。この寒い中、そんなに早く溶けやしないと思うが、早く食べたほうがいいのは事実だろう。

「大惨事になる前に、いただくとしようか」

朔が、話をまとめるように言った。自分が手伝ったことは、おくびにも出さない。絶対味覚があることも言うつもりはないようだ。

レナを差し置いて、くろまるが聞いてきた。

「姫、食べてもよろしゅうございますか？」

「もちろん」

かの子が頷くと、眷属ふたりがアイス最中を取った。

「いただきますぞ！」

「実食ですわ！」

大張り切りで食べ始めた。一瞬の出来事だった。あっという間に食べ終えてしまった。

「小豆ですぞ！　小豆の甘さが口いっぱいに広がりますぞ！」

「お……美味しいですわ……」

くろまるは叫び、しぐれは啞然としている。幕末だか明治時代だかにアイスクリンを食べたふたりにとっても、この味は衝撃だったようだ。

「牛乳を使ってないとは、信じられませんぞ！」

「こんな味……初めてですわ……」

ただでさえ大きな目を丸くしている。このアイス最中を初めて食べたときは、かの子も驚いた。乳製品を使っていないとは思えない。いや、使っていないからこその味わいだった。

濃厚なのに、さっぱりとしている。舌触りが滑らかで、小豆の美味しさを存分に楽しむことができる。最中はサクサクしていて、小倉アイスの甘さと滑らかさを引き立てる。

「姫、たいしたものでございますぞ！」

「わたくしの睨んだ通り、かの子は天才ですわ！」

褒めてくれるのは嬉しいが、正直なところ、甘味処『みつばち』には及んでいない。朔のおかげでどうにか客に出せるものができたけれど、上品な甘さや舌触りの滑らかさまでは再現できなかった。

そのことを言っても、くろまるとしぐれの評価は変わらなかった。

「たいしたものでございますぞ」

「本当だわ。それだけの材料で、こんな美味しいアイスを作るなんて」

よほど気に入ったらしく、しきりに感心している。朔も、アイス最中を食べて言った。

「かのこ庵で出しても違和感はないな」

「はい」

工夫の余地はあるけれど、異論はなかった。アイスという呼び名から洋菓子を想像するが、乳製品も卵も使われていないのだ。材料を考えても、和菓子に分類していい気がする。

「これがあのときの……」

レナは呟き、アイス最中を食べた。それから言った。

「美味しい」

消え入りそうな声だったけど、かの子の作ったアイス最中を褒めてくれた。お礼を言おうとしたが、それはできなかった。次の瞬間、少女の姿が消えてしまったのだった。

鉛筆で書いた文字に消しゴムをかけたように、ふっと消えてしまった。

「……え？」

かの子は思わず立ち上がり、レナの姿をさがした。どこにもいない。白猫の姿もなかった。

「じょ……成仏したの？」

誰に聞くともなく呟くと、くろまるとしぐれが答えた。

「違いますな」

「まだ、この世にいますわ」

妖や幽霊には、成仏したのか否かが分かるようだ。きっぱりとした口調だった。かの子は問いを重ねる。

「それじゃあ、どこに消えたの？」

「竹本新のところに行ったようだな」

答えたのは、朔である。彼には行方が分かるようだ。

「た……竹本和菓子店に？」

問い返す言葉が掠れたのは、嫌な予感がしたからだ。ものすごく嫌な予感がする。

「そうだ。間違いない」

朔は頷き、くろまるとしぐれが、ふたたび言った。

「あの世に連れていくつもりですぞ」

「わたくしも、そう思いますわ」

「ど、ど、どうしよう？」

かの子は動揺する。レナにとって、新は初恋の相手だ。最後に好きになった相手でもある。死んだ今も思いが残っている。一緒にいたいと思うのは当然だろう。あの世に連れていこうとする気持ちは理解できた。

正直なところ、新は苦手だ。あの男のせいで失業もしている。でも、だからと言って、あの世に連れ去られるのを黙って見てはいられない。新が死んでしまったら、父親である和三郎は悲しむだろう。

「気になるのなら、竹本和菓子店に行ってみるか」

「は……はい」

かの子は頷いた。じっとしていられなかった。朔は立ち上がり、ついでのように、くろまるとしぐれに「留守を頼む」と命じた。

「我にお任せあれ！」

「そこまで頼られては仕方ないですわ」

こうして朔と二人で、新を助けに行くことになった。少なくとも、かの子はそう思っていた。

◯

星の綺麗な夜だった。

冬の空気が澄んでいるからなのか、都会なのに星たちの燦めきを感じることができた。

だが、のんびり眺めている暇はない。

朔と二人で深川の夜道を足早に歩き、日本橋にある竹本和菓子店に着いた。腕時計を見ると、一日が終わりかけていた。当然のように店は閉まり、周囲の人通りは絶えている。この世の人間すべてが眠ってしまったように静かだった。

竹本和菓子店には庭があり、桜が植えてある。春には薄紅色の花が咲くが、一月の今は枝ばかりが目立つ。

朔は迷うことなく、庭へと向かった。かの子も後を追った。すると、二つの人影が、桜のそばに立っていた。新とレナだ。ふたりは、向き合っていた。

「霊力を振り絞ったようだな」

朔が、かの子だけに聞こえる声で言った。

「霊力？」

「そうだ。幽霊の力を振り絞ったんだ。幽霊でありながら、人の目に映るようになっている。だから、新にもレナの姿が見えている」

朔の言うところの霊力に当てられたのか、新は、どこかぼんやりとしていた。かの子の目には、レナに操られかけているように映った。

このままでは、新が常世に連れていかれてしまう。阻止しなければならない。かの子は、ふたりに歩み寄ろうとした。しかし、朔に止められた。

「大丈夫だ」

「え……」

信頼する朔の言葉だが、どうしても大丈夫だとは思えない。何がどう大丈夫なのか問い返そうとしたときだった。新の声が聞こえた。

「白石……レナさんですね」

少女の名前を呼んだのだった。

○

「白石……レナさんですね」

新に呼びかけられ、レナは驚いた。十五年以上も昔に会ったきりの自分をおぼえていてくれたのだ。しかも、新は戸惑ってはいたが、死者であるレナを前にしても怖がってはいない。

かのこ庵でアイス最中を食べて、昔のことを鮮明に思い出した。すごく懐かしかった。そして、その味は胸の痛みを呼び起こした。もう死んでいるのに、幽霊なのに胸が苦しくなった。新に会いたくて会いたくて、一目でいいから見たくて、ここまで来てしまった。

だけど、話せるなんて思っていなかった。霊力を振り絞って姿を見せたが、怖がられると思っていた。

その予想は外れた。新は逃げ出さず、レナに話しかけてくれた。

——初恋の人と話すことができる。

——大好きだった新とふたりきりで立っている。

信じられないことが起こっていた。大人になれずに死んでしまったレナを哀れんで、ずっと意地悪だった神さまが奇跡を起こしてくれたのかもしれない。

「……はい。白石です」

はっきり答えたつもりなのに、レナの声は小さかった。しかも言葉が続かない。ずっと話したかったのに、新のことを考えてすごしてきたのに、何を言えばいいのか分からなくなっていた。

大人になった新は、素敵だった。昔と同じように誠実そうで、ちゃんとレナの目を見て話してくれている。

神さまがくれた奇跡の時間。

レナが生きていた間も、そうだったのかもしれない。人はいつ死ぬか分からないのだから。生きていること自体が奇跡で、いつ終わるか分からないのだから。

涙があふれそうになった。レナは堪えようと夜空を見上げた。普段はネオンに照らされていて何も見えないのに、今日にかぎっては、星たちが燦めいている。レナに語りかけてくるように輝いていた。

一秒一秒を大切にしなければならない。

後悔のないようにしなければならない。

大好きな人との時間を大切にしなければならない。

そんな声が聞こえた。

レナは決心した。星たちの燦めきに背中を押されて、ずっと伝えたかったことを言おうと決めた。今度こそ、後悔しないようにしよう。振られたっていい。自分の気持ちを新に聞いてもらおう。

息を大きく吸い込んで、胸の中のすべてを吐き出すように言った。生まれて初めての愛の告白をした。

「あなたのことが好きでした。今も好きです。ずっと、ずっと、ずっと新くんのことが好きです」

今も――幽霊になってしまっても、レナは新を好きだった。小さな声しか出なかったけれど、新にはちゃんと届いたようだ。少し驚いた顔をした。でも、何も言わなかった。返事をしてくれなかった。新は黙っている。レナも口を閉じた。

沈黙があった。

長い沈黙だった。

実際には、ほんの十秒か二十秒だっただろうけれど、レナには永遠にも思えた。止まっているはずの心臓の鼓動が聞こえてきそうに思える。もう一度だけ奇跡を起こしてください、と神さまに祈った。どうか、この思いを叶えてください、と神さまにお願いした。

やがて、新が口を開いた。その返事は、レナの望んでいるものではなかった。

「すみません。私には、好きな女性がいます」

やっぱり、神さまは意地悪だった。

○

振られてしまった。

大好きな新に振られてしまった。

こうなるだろうと思っていたのに、涙が止まらなくなった。

ずっと泣くのを我慢していたのに、涙を流している。新の前で泣いている。

幽霊になっても悲しいなんて——涙があふれてくるなんて、ひどい話だと思う。命を失って、身体の痛みは感じなくなったけれど、どうしようもなく心は痛かった。振られたことが辛かった。

それでもレナは、恨み言を言わなかった。自分を振った新を憎む気持ちはない。怒るつもりもなかった。

さっきも思ったように、こうなることは分かっていたのだから。そう。彼に振られるのは、最初から分かっていた。

——新に好きな女性がいる。

それくらい、知っている。少し前から、知っていた。十五年以上も声をかけなかったのに、今さら姿を見せて告白までしたのは、新の恋に気づいていたからだった。その恋が成就する前に、自分の気持ちを伝えようと思ったのだ。

だからと言って、生者と競うつもりはない。生きている人間に勝てるとも思っていなかった。新がその女性と幸せになったら、この世から消えるつもりでいた。その前に、せめて自分の気持ちを伝えたかった。

そして、新に伝えたいことは、愛しい気持ちだけではなかった。他にも、彼に言いたいことがあった。レナは、それを言葉にした。

「好きな人がいるって幸せだよね」

十二歳で死んでしまったけど、両親に迷惑をかけて悲しませてしまったけど、それでも、こんな自分でも生まれてきてよかった。人を好きになるという気持ちを味わうことができたのだから。

「私、幸せだった。本当に幸せだった。ありがとう、新くん」

新に伝える最後の一言になった。身体が溶けるように消え始めた。これから成仏するのかもしれない。

天国という場所があるのか、自分がそこに行けるのかは分からなかったが、レナに不安はなかった。この先、どこに行っても悲しくない。すべてを受け入れることができる。

それもこれも新のおかげだ。

生まれ変わりというものがあるのなら、今度こそ報われる恋をしよう。新より素敵な恋人を作って、幸せになってやる。絶対、幸せになってやる——。

そう思っているうちに、自分の姿が消えてしまった。新の視界から消えたんだと分かった。

別れの挨拶のように、小さく、雪が降ってきた。地面に落ちた瞬間、白い花びらのような破片は消えてしまう。そんな積もることのない雪だった。

雪の降る中、レナは最後の挨拶をした。

さようなら、新くん。

その言葉は、彼には届かない。誰にも届かなかった。

◯

この話には、蛇足があった。

「新くん、ぜんぜん幸せじゃないし！　みんな、かの子のせいよ！　あんたってば、ひどい女！」

罵られているのはかの子で、罵っているのはレナである。新に告白した翌日の夜のことだ。

白猫の姿でかのこ庵を訪ねて来るなり、大声で喚き始めた。雪の降る中、成仏したと思わせておいて、この世に残っていたのであった。

詳しい経緯は聞いていないが、竹本和菓子店で飼われるようになったらしい。新はその正体に気づいていない。昨夜のレナの告白にしても、夢だと思っているようだった。

それはともかく、新が幸せじゃないことが、どうして、かの子のせいになるのか分からない。自分のどこがひどいのか分からない。

新のせいで竹本和菓子店を辞めなければならなかった自分のほうが、ずっと不幸だと思うのだけれど。ずっと、ひどいことをされていると思うのだけれど。

さらに納得できないことには、くろまるとしぐれがレナの意見に賛成したことであった。

「今回ばかりは、叱られても仕方ありませぬな」

「わたくしも、かの子が悪いと思いますわ」

助けを求めるように朔を見たが、かの子の味方をしてくれなかった。何も言わずに、お茶を飲んでいる。その様子は、レナたちに同意しているように見えた。

「わんっ！」

「わんっ！」

だ。

ときどき現れる白犬と黒犬——天丸と地丸までもが、レナの意見に賛成しているよう

「私が悪いって、何もしてないけど……」

おずおずと言い返すと、レナに呆れられた。

「あんた、本当に分からないの？」

「ええと……」

本当に分からなかったし、中学生の美少女幽霊に叱られるおぼえもなかった。困り果てていると、レナが天を仰ぎながら言った。

「どこまで鈍いのよ……」

「え？」

聞き返したが、誰も返事をしてくれなかった。

甘酒

糯米（もちごめ）を蒸すか粳米（うるち）を飯に炊き、少しさまして米麹（こめこうじ）を加えてまぜ合わせ保温して一昼夜ほどおき、でん粉が糖化して甘くなったところで飲む。発酵以前なので酒ではない。一夜しかおかないので「一夜酒（ひとよざけ）」ともいう。

「図説　江戸料理事典　新装版」
柏書房

自分は、価値のない人間だ。この世に存在している理由が分からない。生きている理由が分からない。

二十八年間生きてきたが、ほんの数年前まで、若槻幸太にとって死は遠くにあった。十歳のときに父が他界したときでさえ、その死は身近なものではなく、どこか絵空事――ドラマや漫画の一場面のように思えた。悲しかったけれど、いずれ自分が死ぬとは思わなかった。

だが、今では死ぬことばかり考えている。

(おれなんか死んだほうがいい)

何度も何度も思った。幸太は、生きていく自信をなくしていた。どうやって生きていけばいいのか分からなくなっていた。

金がない。

友人もいない。

恋人もいない。

仕事もない。

○

八ヶ月と少し前、五月のゴールデンウィークが終わった日、幸太は仕事を辞めることになった。自分に落ち度があったわけではない。新宿にあるデパートの和菓子売場で働いていたのだが、そのスペースそのものがなくなってしまった。採算の取れない状態が続き、デパートから撤退することになったのだった。

ふみや和菓子店。

両国の外れに店を構えている。練り切りを名物としていて、地元では、それなりに名前の知られた店だが、全国的に有名な老舗和菓子店の並ぶ新宿のデパートでは見向きもされなかった。

幸太は、ふみや和菓子店に和菓子職人として雇われていた。デパートの和菓子売場に行くまでは、両国の本店で正社員として働いていた。

デパートのスペースがなくなろうと、本店が残っているのだから、そっちへ戻ればいいようなものだが、そんな簡単な話ではなかった。

新宿のデパートのテナント代は高額で、ふみや和菓子店の命運を賭けて出店したものだったのだ。銀行に借金をして勝負を挑んだ。

だが、その勝負に負けた。デパートそのものの売上げが落ちている中での出店は無謀だったのかもしれない。一度の黒字も記録できないまま、借金を増やすだけの結果に終わった。

そうなると、借金を返すために経費を削らなければならない。人件費を減らすべく、従業員の肩叩(かたたた)きが始まった。

幸太は、真っ先にクビになった。幸太だけでなく、デパートに出向していた者全員が解雇されたのだった。

(仕方ないか)

そのときは、そう思った。文句を言うことさえしなかった。デパートの売場の責任者ではなかったけれど、そこで働く職人として赤字の責任を感じていたからだ。下っ端の幸太に責任があるはずがないのだが、クビになっても当然だと思ってしまったのだ。そんな必要はなかったのに。勝負を挑んで負けたのは幸太ではなく、ふみや和菓子店の上の人間たちなのに。

解雇された者の中には、早々と再就職を決めた人間もいたが、幸太には行き先がない。ふみや和菓子店をクビになった後、新しい仕事をさがしはしたけれど、和菓子職人の求人はどこにもなかった。コネを頼ろうにも、口を利いてくれる知り合いもいない。

(でも、これからどうしよう?)

考えても、答えは見つからない。相談する人間もいない。職を失ったと田舎の親に伝えることもできず、気がつくと一年が終わろうとしていた。いつの間にか、雇用保険も切れてしまった。もうこれで、収入の当てはなくなった。

アルバイトをしたこともあるが、小遣いに毛が生えた程度しか稼げなかった。このままでは、安アパートの家賃さえ払えなくなるだろう。幸太は途方に暮れて、そして犯罪に手を染めた。

○

昨夜、事件が起こった。それを教えてくれたのは、木守だった。かのこ庵の前に来るなり、店に入る素振りも見せずに、暗い声で言った。

「久子さまが入院しました」

梅田久子は、七十歳すぎの小柄な婦人だ。毎日のように御堂神社にやって来ては手を合わせて帰っていく。南天柄の和服を着て、白髪をシニヨンに結っていて、見るからに上品そうな容姿をしている。和三郎の友人でもあり、かのこの作った和菓子を「美味しい」と言ってくれた婦人でもある。

「入院って……」

かの子は言ったが、そのあとの言葉は続かなかった。不吉なことを思い浮かべてしまったのだ。

元気そうに見えても、歳を取れば病気になりやすくなる。気づかないうちに取り返しのつかない病気が進行していることだってある。かの子の祖父も、そうだった。誰も——本人さえも気づかなかった。

同じことを思ったらしく、くろまるが質問をした。

「病気になったのでございますか？」

「いいえ。病気ではありません」

木守は首を横に振った。かの子はほっとするが、安心するのは早かった。

「怪我をしてしまいました」

「…………」

ふたたび言葉が出て来なくなった。高齢者がちょっとした段差や階段で転んで骨を折り、そのまま寝たきりになってしまうという話を聞いたことがあったからだ。祖父が生きていたとき、医者からも同様の注意を受けた。高齢者にとって怪我は命取りになりかねない、と。

だが、久子は転んだわけではなかった。もっと悪い。なんと、見知らぬ人間に転ばされたのだった。

「ひったくりに遭ったんです」

木守の声は、やっぱり暗かった。梅田家の守り妖（あやかし）として、久子を守ることができなかったと悔やんでいるのだろう。その声のまま、続ける。

「昨夜、澪（みお）さまのお見舞いに行かれた帰りのことです。バイクが迫ってきて、持っていた巾着（きんちゃく）を取られました」

財布とスマホが入っていたという。ただ、キャッシュカードやクレジットカードは持ち歩いておらず、無事だったようだ。

「とりあえずですが、怪我はたいしたことがない様子です」

巾着を取られた拍子に転び、膝をすりむいただけだったが、年齢が年齢なので検査をするということだ。

「何ともないといいのですが」

大怪我でないことに安心しながらも、木守は心配そうだった。痛みを感じなくても、検査で怪我が見つかることはある。

かの子は、何も言えない。木守の話を聞きながら、顔から血の気が引くのを感じていた。思い当たることがあったのだ。先月、かの子もひったくり――それもバイクに襲われた。犯行現場と手口から考えて、おそらく同一犯だろう。

それだけであれば、久子と同じ被害者だが、青ざめるだけの理由があった。そのとき、かの子は朔に助けてもらった。式神を使い、朔はバイクを倒した。奪われた荷物を取り返してくれた。

問題はその後だ。ひったくりを道路に倒しておきながら、警察に通報さえしなかった。言い訳を許してもらえるなら、和菓子屋を解雇されたばかりで、自分のことでいっぱいいっぱいだった。本当に余裕がなかった。これ以上のトラブルに巻き込まれたくなかった。

だけど、あのとき警察に突き出しておけば、久子が襲われることもなかった。しかも、かの子が知らないだけで、他にも被害が出ているかもしれない。

（私のせいだ）

かの子は責任を感じ、木守に正直に打ち明けた。そして、頭を下げた。ごめんなさい、と謝った。

「かの子さまのせいではありませんよ」と木守は言ってくれたけれど、その声は少し硬かった。怒ったわけではないだろうが、かの子の対応が正しかったとも思っていない様子だ。

いつものように和菓子を食べることもなく、木守は帰っていった。その姿が見えなくなった後も、かの子は落ち込み続けていた。自分のせいで久子が怪我をしてしまったと、自分を責めていた。

今までの人生で数え切れないほどの失敗をしてきたが、誰かに怪我をさせてしまったのは初めてだった。

そのまま落ち込んでいると、それまで黙っていた眷属（けんぞく）ふたりが声を上げた。

「姫、新しい客人が参りましたぞ！」

「商売ですわよ、かの子！」

くろまるとしぐれはやさしい。いつもより元気な声で、話を変えようとしてくれたのだろう。

しかし、話は変わらなかった。

○

かのこ庵にやって来たのは、少しぽっちゃりしていて、どことなく愛嬌（あいきょう）のある顔の茶トラ猫だった。見るからにオスで、しかも、さくらねこ——耳先が桜の花びらの形にカットされている猫であった。これは、不妊手術を施したしるしである。

だが、本物の野良猫ではない。猫の姿を借りている妖だ。店前の縁台のそばまでやって来て、ペコリと頭を下げ、自己紹介を始めた。

「それがし、『木型（きがた）』と申すものでござる」

漫画に出てくるような武士言葉であった。言葉遣いと言い、態度と言い、愛嬌のある見かけによらず礼儀正しい。

新しい客が来たことに気づいたからか、朔が店から出てきた。そして、茶トラ猫——木型を見て言った。

「付喪神（つくもがみ）だな」

器物が百年を経過すると精霊が宿り、人に害を加えるという俗信がある。人に害を加えるかどうかは、そのものの性質によるだろう。

「何の付喪神でございますかな？」

くろまるが問うと、木型が自己紹介の続きをするように返事をした。

「遠い昔は、桜の木でござった」

その言葉を聞いて、ぴんと来た。かの子は質問する。

「もしかして菓子木型の付喪神？」

「さようでござる」

茶トラ猫は頷き、改めて丁寧に頭をさげた。どこまでも腰が低い。くろまるとしぐれが感嘆の声をあげた。

「好感の持てる御仁でございますな」

「武士なのだから当然ですわ！」

何が当然なのかは分からないが、木型を気に入ったようだ。確かに、嫌いになれないタイプの妖だ。

「菓子木型の付喪神が何の用だ？」と、朔が話を促した。

かのこ庵は和菓子店だが、御堂神社のほとんど境内に建っている。神社への客が、店のほうに顔を出すことも珍しくなかった。何しろ朔は鎮守で、このあたり一帯の妖や幽霊に頼られている。そんな朔の姿をさがして、かのこ庵にやって来ることがあった。

しかし、このときは違った。木型は朔に会いに来たのではなかった。こんなふうに返事をした。

「腕のいい和菓子職人がいらっしゃると伺って参上したのでござる」

腕がいいかはともかく、ここにいる和菓子職人はかの子だけである。自分に用事があって、付喪神が訪ねてきたということのようだ。

「和菓子職人は、私ですが」

杏崎かの子です——そう自己紹介をしようとしたときだ。突然、木型が額を地面につけた。

「申し訳ないでござる！」

猫の姿なのでよく分からないが、土下座したつもりのようだ。それはともかく、謝られるようなおぼえはなかった。戸惑って黙っていると、木型が物騒なことを言い出した。

「それがし、ここは切腹して——」

「しなくていいからっ！」

皆まで言わせず全力で断った。そんな真似をされても迷惑である。そもそも何を謝っているのか分からない。

いつまでも頭を上げない木型に向かって、朔が質問した。

「謝るようなことをしたのか？」

「悪事を働いたのは、それがしではござらぬ」

ますます意味が分からない。

「どういうこと？」

「主に代わって詫びているのでござる」

「主？」

「若槻幸太どのでござる」

名前を聞いても分からなかった。

「知らない人だと思うけど」

初めて聞いた名前だ。木型が勘違いしていると思ったが、かの子は〝岩槻幸太〟を知っていた。

「幸太どのは、バイクでひったくりを――」

皆まで聞かず分かった。驚きながら、かの子は問い返した。

「……まさか、あのときの？」

「申し訳ござらぬ」

さらに額を地面にこすりつけた。こうして、話がつながった。この世のすべての出来事は関係し合っている。

この付喪神の主――若槻幸太が、あのひったくりなのだ。かの子の荷物を奪おうとした上に、久子を怪我させた犯人だ。

「一緒にいたのか？」

朔が、質問を投げかけた。岩槻幸太とやらが、ひったくりを働いたときのことを聞いているのだ。土下座していた木型が少し顔を上げて、首を横に振った。

「それがしは留守番してござった。間抜けにも、幸太どのが悪事を働いていることを知らなかったのでござる」

妖と言っても万能ではない。常に、主と一緒にいるわけでもないので、知らないことがあっても不思議はなかった。

「実は、かの子どのの一件を町の噂で聞いたのでござる」

ひったくりに遭ったとき、朔に助けてもらった。御堂神社の鎮守の行動であるし、朔は派手に術まで使っていた。妖や幽霊たちの間で噂になるのは当然の成り行きだろう。人間と同じように、噂好きのものもいる。

その噂は、木型の耳にも届いた。すぐに幸太のしわざだと気づいたようだ。そう思って部屋をさがすと、見知らぬ財布や巾着があったという。

「それで主に代わって謝りに来たということか。用事はそれだけか?」

ふたたび朔が聞いた。相変わらず無表情で淡々とした口調だ。朔は感情を露わにしない。できないのだ、と言っていた。

「いえ。謝罪だけではござらぬ。図々しいのを承知で、かの子どのにお願いがあって参ったのでござる」

木型は、また額を地面につけた。そして、必死な声でその願い事を言った。

「幸太どのを救ってくだされ!　お願いでござる!　かの子どの、幸太どのを助けてくだされ!」

「ええと……」

かの子は戸惑う。助けを求める相手を間違っているとしか思えなかった。自分はリストラされたばかりだし、あるのは多額の借金だけだ。むしろ助けてもらう立場だろう。

　そう思ったのは、かの子だけではなかった。くろまるとしぐれが、木型に向かって言った。

「わけが分かりませぬぞ！」

「そうね。何を頼んでいるのかしら？」

　すると、木型がまた頭をさげた。

「申し訳ないでござる。それがし、口下手でござって」

　おのれを恥じている。不器用な妖のようだ。少なくとも、木守のように理路整然とはしていない。そんな木型に、朔が助け船を出した。

「順を追って話したほうがいい。話が分からないと、助けられるものも助けられなくなる。落ち着いて最初から話せ」

　茶トラ猫は考え込んだ。自分なりに話を整理しているのだろう。急かさず待っていると、少し落ち着いた風情で話し始めた。

「それがし、もともとは幸太どのの父上の持ち物でござった」

　幸太の父も、和菓子職人であったという。親子二代に亘って使われていたことになるが、高価なものではなかった。

「長い間、古道具屋に置かれておったのでござる」

　それを幸太の父が見つけ、安く買ったという。古道具屋にいるときから付喪神だったわけではない。幸太の父に引き取られた後に精霊が宿ったという。だからいつ作られた木型なのかの記憶はないようだ。

ただ、菓子木型の歴史は古い。武士言葉を使っていることから考えても、江戸時代に作られた木型なのかもしれない。付喪神になったのだから、少なくとも百年の歳月が経過している計算になる。

「それがし、二束三文の価値しかない菓子木型でござる。幸太どのの父上は、かようなものを大事にしてくださったのでござる」

木型の声は湿っていた。妖や幽霊にも過去があり、忘れられない思い出がある。ちゃんと感情だってあるのだ。

「幸太どののお父上とやらは、腕のいい職人だったのでございますな」

くろまるが合いの手を入れたが、茶トラ猫は頷(うなず)かなかった。

「平凡な和菓子職人でござった」

恥じることではない。たいていの人間は平凡で、何事もなさず、世間に知られぬまま死んでいく。

だけど、それぞれに生まれた場所があり、家族がいる。結婚していなくとも、生まれてきた以上、父と母がいる。平凡だろうと、何事もなせなかったとしても、誰かにとっては唯一無二の存在だ。誰かを愛し、誰かに愛されている。

幸太の父も、家族を愛していた。とても愛していた。

「お父上は、幸太どのの行く末を心配してござった」

過去形なのは、すでに他界していたからだ。若くして死病に冒され、長い入院生活を送っていた。

苦しかっただろうに、辛かっただろうに、幸太の父は、死にゆく病床で我が子のことを思っていた。幸せを願っていた。親は誰しも子の幸せを願うものだ。木型は、声にならない声を聞いていた。

大人になるまで一緒にいてやれなくて、すまない。

子を守ってやれない親で、すまない。

だけど、どうか……どうか幸せになっておくれ。

その思いが、菓子木型に精霊を宿させたのかもしれない。付喪神となり、死んでしまった父親の代わりに幸太を見守るようになった。

「それがし、力の弱い妖でござる。幸太どのを見守ると申しても、何もできなかったでござるよ」

木型の声は小さかった。幸太の父親が死んだ後、岩槻家は苦労した。大黒柱を失い、収入がなくなったのだから当然だ。

「それがし、見ているだけでござった」

幸太が仕事をクビになり、毎日の食事に困るようになったときもそうだったと言った。

「役立たずでござる」

責任を感じているが、付喪神にはどうしようもないことだ。幸太は普通の人間なのだから、妖の姿を見ることができない。人間に話しかけることのできる付喪神もいるようだけれど、木型にその力はなかった。

「悪事に走る幸太どのを止めることもできなかったでござる」

父親の代わりにはなれなかった、と木型は言った。でも、これ以上、悪事を重ねさせたくない、とも言った。

「あの世のお父上に顔向けできないでござる」

ふたたび地面に額を擦りつけた。必死に頼んでいる。

「どうか止めてくだされ。それがしの力では、幸太どのを止めることはできないのでござる」

茶トラ猫は、頭を上げない。顔は見えないが、かの子には木型が泣いているように思えた。幸太を救うことのできない自分が情けないのだろう。

「和菓子職人として同じ道を志すかの子どのの話なら、幸太どのも耳を傾けるはずでござる」

木型は言うけれど、かの子に助けられるとは思えない。説得できる自信はなかった。しかし、木型と違い、膝をつき合わせて話すことができるのは確かだ。また、かの子も職を失っている。幸太の苦境は、他人事ではなかった。朔と出会わなければ、自分だって生活に困って悪事に手を染めたかもしれないのだから。

生きていくのは大変だ。真面目に生きていこうとしても、場所がないことだって珍しくない。かの子は、そのことが分かっている。骨身に沁みて分かっている。だから、説得することはできなくとも、幸太と一緒に泣くことはできる。ひったくりなんかやめてくれ、と頼むことはできる。木型みたいに土下座してもいい。

「分かった。幸太さんと話してみる」

かの子は約束した。

○

「落ちるところまで落ちたな……」

バイクを走らせながら、幸太は呟いた。ふみや和菓子店を解雇されたときから、何遍も思ったことだ。

しかし、そう思った後に、また落ちた。無職になり、とうとう犯罪者になった。そして、それは終わっていない。落ちるところまで落ちたと言いながら、まだまだ落ちていく予感があった。

(こんなことをしてちゃ駄目だ)

と、思ったのは一度ではなかった。

だけど、金がない。ふみや和菓子店でもらっていた給料は安く、安アパートの家賃を払うだけで精一杯で、貯金などできなかった。雇用保険をもらえたが、その金額はもともとの給料をベースに計算される。当たり前だが、ふみや和菓子店でもらっていたときよりも少なかった。生活できる金額ではなかった。しかも、その雇用保険も支給期間が終わってしまった。

そこまで金がないのにバイクを売り払わなかったのは、売ってもたいした金額にならなかったからだ。買い取ってくれる店に持っていったことはあるが、新車で買ったときの十分の一以下の値段を付けられた。

解雇されて新しい仕事が見つからないのだから、田舎に帰るべきだったのかもしれない。そうすれば、少なくとも家賃を払わずに済む。独りぼっちの部屋で暮らさなくとも済む。

でも、帰れなかった。幸太が一人前の和菓子職人になると信じている母に、仕事をクビになったと言えなかったのだ。母は、きっと幸太を責めないだろう。だけど、それも辛かった。

金もなく話す相手もいない。立派な和菓子職人になって、母を養うという夢は遠くにいってしまった。

辛かった。

仕事が見つからないことが辛かった。話し相手がいないことが辛かった。腹が減っていることが辛かった。金がないことが辛かった。自分の夢はもう叶わないんだ、と思うことが辛かった。母に合わせる顔がないことが辛かった。生きていることが辛かった。

現実逃避するみたいに、初めて悪事に手を染めた日のことを思い出す。幸太は、売ることもできなかったバイクを走らせた。今まで出したことのない猛スピードで道路を走った。そんな速度で、ひとけのない夜道を走ったのは、死のうと思っていたからだ。死ねば、生きている辛さから逃れられる——。

そう思ったけれど、死ねなかった。

いや、死ななかった。

死ぬかわりに、見知らぬ女の荷物をひったくった。財布が入っていて、一万円札があった。金を見たとたん、死は遠ざかった。

何も考えず、その金を握り締めてコンビニでパンとおにぎりを買った。貪るように食べた。家に帰って眠った。警察に捕まることは考えもしなかった。翌日、奪った金でバイクにガソリンまで入れた。

こうして悪事に手を染めると、そうすることが当然のように身体が動いた。夜になるのを待ち、ふたたびバイクを走らせた。一人歩きする女を見つけ、幸太は荷物をひったくろうとした。

だが、二度目は上手くいかなかった。スポーツバッグを奪い、そのまま逃げ去ろうとしたときだった。

どこからともなく、犬の鳴き声が聞こえた。

「わんっ！」

「わんっ！」

気づいたときには、二頭の大きな犬に襲われていた。バイクを倒され、幸太は気を失った。

どれくらい、そうしていただろう。目を開けると、犬も奪ったはずのスポーツバッグも消えていた。身体に転んだ痛みはあったが、怪我も負っていなかったし、倒れたバイクも無事だった。

「……夢を見たのか？」

思わず呟いた。だが、夢じゃないことは分かっていた。自分は犯罪者で、見知らぬ女性を襲ったのだ。そして失敗した。

「逃げなきゃ」

自分に言い聞かせるように言った。ここにいたら、いずれ警察が来るだろう。捕まるわけにはいかない。母に連絡がいく。悪事を働いたことを知られてしまう。そう思うと、今さら身体が震えた。

バイクに乗って自宅に帰った。転倒したせいなのか、少しハンドルが重くなっていたが、気にしている余裕はなかった。

何日かアパートから出なかった。玄関の外で警察が待ち構えている気がしたのだ。震えは止まらなかった。

（もうひったくりはやめよう）

何度もそう思った。外に出ることさえ怖かった。自宅には、ひったくりで得た金で買った米やパスタがある。それを食べて暮らした。

しかし、やがてその食料も尽きた。何も食べずにいると腹が減って、頭がおかしくなりそうになった。

家賃だって払わなければならない。電気代や水道料金の支払いもある。金が必要だった。でも、アルバイトをしようとはもう考えなかった。

（また、やるしかない。金がないんだから、しょうがないよな）

自分に言い訳しながら、久しぶりにアパートを出た。警察はいなかった。穏やかな夜があった。

幸太は、ほっとした。そしてバイクを走らせ、今度は老婦人を襲った。上手くいった。巾着（きんちゃく）を奪うことができた。しかも、裕福な年寄りだったようだ。巾着には、十二枚の一万円札と何枚かの千円札が入っていた。

「年寄りが金持ちだってのは本当みたいだな」

そう呟いて、盗んだ金を床に並べた。

十二枚の万札を見ているうちに、欲が出た。もう少し金があれば、別の土地に引っ越すことができる。新しい仕事を見つけて、新しい生活を送れる。そう思ったのだった。

金の力は偉大だ。取り返しのつかない真似をしているのに、一から出直せる気になっていた。

もう少し金があれば——その「もう少し」を稼ぐ方法は、やっぱり、ひったくりしか思いつかなかった。

老婦人を襲った翌日、夜が更けるのを待ってバイクを走らせた。もう警察のことは頭になかった。同じ場所で犯行を繰り返すのは危ないとさえ考えなかった。ただ、金のことだけ考えていた。金が欲しかった。

（あと二十万円、いや三十万円あれば）

ふみや和菓子店でもらっていた給料の倍以上の金額を望んだ。十二万円を手に入れたことで、現実が見えなくなっていた。

まっすぐの道を走った。何分もしないうちに、夜道を歩く若い女を見つけた。女は一人きりだった。バイクを加速させた。獲物を狙う獣になったつもりで猛スピードで走らせた。

女の寸前まで行ったところで、バイクのハンドルが利かなくなっていることに気づいた。

（おい——）

幸太は慌てた。直線を走らせてきたので、ハンドルの故障に気がつかなかった。ずっと整備に出していなかったし、犬に襲われて転倒した後、少しハンドルがおかしかったことを思い出した。

すべては今さらだ。どうすることもできない。ブレーキをかけたが、止まるには女に近づきすぎていた。

このままだとぶつかる。減速は間に合わない。スピードも出ている。女がバイクに撥ね飛ばされる場面が頭をよぎった。この速度でぶつかったら、女は助からないだろう――。

○

幸太のバイクが女にぶつかりそうになる前、茶トラ猫の姿をした木型が、かのこ庵で言った。

「幸太どのは日本橋から深川に向かう道を走っているはずでござる」

付喪神の妖力で察知したのだろうか。きっぱりとした口調だった。詳しく場所を聞くと、かの子が一ヶ月前にひったくりに遭ったあたりだった。

「また、ひったくりをやるつもりだな」

「残念でござるが―」

朔の言葉に、木型が悲しそうな声を出した。かの子は、いても立ってもいられなくなった。久子が怪我をしたのは、警察に通報しなかった自分のせいだ。これ以上、被害者を増やしたくない。誰かに怪我をさせたくない。また、自分に似た境遇の幸太に罪を重ねさせたくなかった。

「私、行ってきます」

そう言うなり、店を飛び出した。日本橋に向かって走った。

「姫!」

「ちょっと、かの子!」

くろまるとしぐれの声が聞こえたが、足を止める気にはなれなかった。幸太を止めなければならない。ひったくりをやめさせなければならない。ただ、それだけを考えていた。

〇

日本橋から深川に向かう道と言っても、それなりの長さがある。ましてや今は夜で、視界が悪かった。それでも、かの子は足を止めなかった。何分か走った後、ひったくりに遭った場所に辿り着いた。

しかし、誰もいない。バイクどころか、人がやって来る気配もなかった。冷たい夜風が吹いているだけだった。これでは幸太を見つけることができない。見つけたとしても、相手はバイクだ。

「走ってるバイクを止めるのって難しいような」

今さら気づいた。話を聞いてくれと叫んだところで、ライダーには聞こえないような気がする。聞こえたとしても、相手はひったくりなのだ。簡単には止まってくれないだろう。

これでは、竹本和菓子店を飛び出したときと一緒だ。また後先考えずに動いてしまった。

あのときは独りぼっちだったが、今は朔やくろまる、しぐれがいる。相談すべきだったし、みんなの力を借りるべきだった。彼らならバイクを止めることもできる。

「出直してこよう」

時間のロスだが、ここにいたって仕方がない。そう決心し、踵を返そうとしたときだった。

背後からバイクの音が聞こえた。

しかも、その音は急激に大きくなった。

「……え？」

振り返ると、バイクが猛スピードで走ってきていた。明らかに様子がおかしい。ひったくりというより、かの子を轢き殺そうとしているみたいだった。

「ええっ？」

悲鳴を上げている場合ではない。早く逃げなければ、轢かれてしまう。バイクは、すぐそこまで迫っている。

でも、足が動かなかった。身体が竦んでいた。恐ろしさのあまり、頭も上手く働かない。目をつぶってしまいそうになった。

そのときのことだった。

あの声が聞こえたのは——。


〝ぼんやりするな〟


初めて聞いたあの人の言葉だ。すべては、この一言から始まった。かの子の新しい人生は、この言葉から始まった。

そうだ。

ぼんやりしていては駄目だ。かの子は、目を閉じることをやめた。もう目をつぶる必要はない。もう怖くなかった。何も心配することはない。だって、あの人の声が聞こえたのだから——。


〝天丸、地丸。かの子に怪我をさせるな〟

無愛想だけど、やさしい声がふたたび聞こえた。あのときは何が始まるのか分からなかったが、今は知っている。

「わんっ！」

「わんっ！」

どこからともなく、二頭の大きな犬——もふもふとした毛並みの白犬と黒犬が現れた。バイクに向かって走っていく。

犬の姿をしているが、この二頭は朔の式神だ。陰陽道で、陰陽師が使役するという鬼神であり、陰陽師の命令に従って変幻自在、不思議議な術をなす。

ただ、その姿は可愛らしい犬であった。正体を知っていても、式神には見えない。かの子とも仲よしだ。かのこ庵の店前で寝ていることも多く、〝天丸〟、〝地丸〟という名前が付いている。

「わんっ！」

「わんっ！」

かの子を見てしっぽを振り、それから、体重を感じさせない軽い動きで、バイクに体当たりをした。

呆気ないほど簡単にバイクは突き飛ばされ、運転していた男——若槻幸太が道路に投げ出された。そして、いつかと同じように倒れて、ピクリとも動かなくなった。気を失ってしまったようだ。

「怪我はなかったか？」

声が聞こえた。朔が、すぐ近くに立っていた。突然現れたように見えるが、ずっと見守っていてくれたのだろう。

また朔に救われた。ひったくりのことだけではない。出会ってから、毎日、彼に救われている。

「は……はい。大丈夫です。ありがとうございます」

助けてもらったお礼を言い、かの子は改めて頭を下げた。

「すみませんでした」

いきなり店から飛び出してきたことを詫びたのだった。何もできないくせに、勝手なことをしてしまった。手間をかけさせてしまった。

でも、朔は怒らなかった。いつもと同じ静かな声で言った。

「謝らなくていい。かの子が危ないときには、おれが助けてやる。何があっても、おれはおまえの味方だ。ずっと、そばにいる」

かの子は、家族以外に心を開かずに生きてきた。祖父が死ぬと、独りぼっちになった。寂しかった。すごく寂しかった。その寂しさは、死ぬまで続くと思っていた。だけど、そうではなかった。

——ずっと。

——そばにいる。

こんなに寒いのに、頬が熱くなった。かの子は、朔の言葉を噛み締めていた。幸せすぎて、涙があふれてきそうだった。

○

さくらねこの姿をした付喪神——木型は、物陰からその様子を見ていた。幸太のバイクのハンドルが利かなくなったときには飛び出しそうになり、二頭の式神犬が襲いかかったときには叫びそうになった。

でも、出ていかなかった。妖である自分には、人間の世界のことは分からない。かの子と朔に任せておくべきだと思ったのだ。また、かのこ庵で神社の眷属ふたりにも言われていた。

「心配しなくても大丈夫ですぞ」

「そうよ。かの子と朔なら悪いようにはしないわ」

鎮守である朔だけでなく、人間の娘のことも信用しているようだった。木型は、その言葉を信じた。

幸太が道路に倒れたときも、助けに飛び出すのを我慢した。ハラハラしながら見ていると、やがて、幸太が身体を起こした。猛スピードで走っているところを倒されたのに、傷一つ負っていないようだ。式神犬の——朔の力だろう。ただ、状況が分かっていないらしく、幸太はきょとんとしていた。

「大丈夫ですか？」

かの子が声をかけた。あんな目に遭ったのに――バイクで轢き殺されそうになったのに、幸太を心配しているようだ。噂で聞いた通りのお人好しだ。

声をかけられて正気に戻ったらしく、幸太が、ぎょっとした顔になった。かの子だけならまだしも、そばに和服姿の朔がいる。鎮守ということは知らなくても、常人にはない威圧感がある。

（もう終わりだ……）

木型には、幸太がそう思っていることが分かった。悪事に手を染めたが、幸太は小心者だ。逃げ出す気力もないようだった。バイクも倒れたままだ。

幸太の首が、がっくりと落ちた。

「……すみませんでした」

蚊が鳴くような声で謝った。だが、許されることではない。今日の悪事は未遂に終わったが、幸太のせいで老婦人が入院しているのだ。

（警察に突き出される）

幸太は思っただろうし、木型もそう思った。ふたたび式神をけしかけられることだってあり得た。実際、かの子は通報するつもりでいるようだ。前に襲われたときに、自分が見逃したせいで、老婦人が怪我をしたと思い詰めていた。

「悪いけど警察に――」

かの子が言いかけたが、朔が遮るように言葉を発した。

「これを飲ませてやれ」

何かを差し出している。それは、水筒だった。今まで気がつかなかったが、ステンレスボトルを持っていた。

「これ……？」

「おまえが作ったものだ。断熱容器に入れて持ち運ぶと、発酵が進んでしまうが、短時間なら大丈夫だろう」

その言葉を聞いて、ステンレスボトルの中身が分かったようだ。朔の意図を察したように頷き、両手で水筒を受け取ると蓋を開けた。湯気が立った。甘い香りが、木型のいるところまで届いた。

かの子は、カップとして使える蓋に甘い香りのする飲み物を注ぎ、幸太に差し出した。

「どうぞ」

「ええと……。どうぞって……」

幸太は戸惑っている。これも当然だ。ひったくりをやろうとして、バイクごと犬に倒されて気を失い、正気に戻ったと思ったとたん、甘く湯気の立つ飲み物を差し出されたのだから。

「こ……これは？」

「かのこ庵特製の――和菓子屋の甘酒です」

かの子が答えると、幸太は不思議そうな顔で問いを重ねた。

「君が作ったの？」

「はい。かのこ庵で和菓子職人をやっている杏崎かの子です」

胸を張って答えた。自分の仕事に誇りを持っていると分かる口調だった。

「和菓子職人……」

幸太は呟（つぶや）き、それから、突き出された甘酒を見た。

木型は付喪神（つくもがみ）だが、甘酒くらいは知っている。米の飯と米麹（こめこうじ）を混ぜて醸（かも）した甘い飲料、もしくは、酒粕（さけかす）を溶かして甘みをつけた飲料のことだ。

「米麹から作ったので、お酒が苦手でも飲めると思います」

かの子が説明を加える。

「ご存じかと思いますが、米麹から作った場合、アルコールは含まれず、ソフトドリンク扱いとなります」

だから、子どもでも飲むことができるし、飲酒運転にはならない。

「もともとは夏の飲み物でしたが、現代では寒い冬に飲まれることが多いかもしれませんね。正月に甘酒を振る舞うのは、寺社などの定番となっています」

幸太は、何も言わない。甘酒の注がれたカップを受け取りもせずに、ただ、じっと見つめている。

「甘酒が和菓子なのかと疑問に思うかもしれませんが、老舗の榮太樓總本舗が『和菓子屋のあま酒』という商品を発売してます。寒い間だけでも、かのこ庵で甘酒を売ろうと考えているんですよ」

ひったくりのことには触れず、和菓子の話をしている。木型は、かの子の気持ちが分かった。幸太を同業者として——和菓子職人として扱っているのだ。悪事を働いた幸太を犯罪者扱いしないのは、彼女のやさしさだった。そのやさしさは、幸太にも伝わったようだ。

「ありがたくいただきます」

姿勢を正してカップを受け取り、甘酒を口に運んだ。

◯

甘酒を飲んだのは、久しぶりだった。最後に口にしたのは、たぶん、実家にいたころだ。

あれは確か、専門学校に行くことが決まった年の暮れだった。母が作ってくれた。その甘酒をコタツで飲んだ。テレビがついていて、紅白歌合戦が映っていた。母も自分も歌になど興味もないのに、知らない歌手の歌を聞いていた。

幸太は無口だし、母も余計なことは言わない性格だ。二人でいても黙っていることが多い。

　だけど、このときは幸太のほうから話しかけた。

「東京に行っても、正月には帰るから」

　どうして、そんなことを言ったのか分からない。自分が東京に出てしまったら、母が独りぼっちになると思ったのかもしれない。

「無理しなくていいから」

　それが、母の返事だった。言葉が足りないと思ったらしく、幸太の顔を見て付け加えた。

「あなたは、あなたの仕事をがんばればいい」

　仕事という言い方がおかしくて、幸太は言葉を返した。

「専門学校だって正月は休みだよ」

「そうだったね」

　母は少し笑った。だが、帰って来いとは言わなかった。その代わり、こんなことを言った。

　でも、やっぱり無理はしなくていいから。

　東京に出れば、東京の生活がある。

　母さんが独りぼっちになっちゃうって心配しているんでしょ？

そんな必要はないわ。
あなたがいなくなって寂しいけど、心配する必要はないの。
親のことを忘れるのって、一番の親孝行だと思うから。
だって、がんばっている証拠だもの。

だから、幸太は実家に帰っていない。ずっと母に会っていなかった。田舎に帰らずに、がんばっていた。一人前の和菓子職人になってから、母のもとに帰るつもりでいた。母と一緒に墓参りに行って、死んだ父に報告するつもりでいた。

幸太が和菓子職人になったのは、十歳のときに他界した父親の影響が大きい。彼も和菓子職人だった。自分の店を持つことなく、埼玉の田舎の小さな和菓子店で雇われ職人として生涯を終えた。

父の給料は少なく、ただでさえ家は貧しかった。さらに、その収入さえなくなってしまったのだ。大変だったと思う。母は工事現場で働きながら、女手一つで幸太を育ててくれた。幸太は当たり前のように中学を出て働こうとしたが、母に反対された。

「学校に行ったほうがいいわ」

高校くらい卒業しておけ、という意味ではなかった。工事現場で日焼けした顔を幸太に向け、穏やかな声で言ったのだった。

「幸太は和菓子職人になりたいんでしょ？　だったら、その勉強をしなさい」

中学校を卒業してすぐに入ることのできる製菓専門学校は存在する。見るだけだからと言い訳をしながら、入学案内を取り寄せたこともあった。隠していたつもりなのに、母は知っていたようだ。

「東京にある学校に行きたいのよね？」

頷くこともできず、首を横に振ることもできず、曖昧に返事をした。

「でも、お金がかかるから……」

「当たり前じゃない」

母は呆れたように言って立ち上がり、押し入れから木箱を取り出した。靴が二足は入りそうな大きさの木箱だった。

「お金がかかることくらい分かってるわよ」

大切そうにその木箱を持ち、ふたたび腰を下ろした。幸太は、そんな木箱があることさえ知らなかった。

「何、それ？」

「あなたの物よ」

母は答え、木箱を開けて中身を取り出した。母が手に取ったのは、地元の銀行の通帳だった。その表紙には、自分の名前が書いてあった。

──若槻幸太様

幸太は、その文字をじっと見つめた。母の言葉が耳に届く。

「あなたが生まれたとき、お父さんが作ったの。将来、お金が必要なときもあるだろうから、コツコツ貯金するんだって」

真面目なだけが取り柄だった父の姿が、幸太の脳裏に浮かんだ。そんなはずはないのに、母の隣に座っているような気がした。小学生のときに死んだ父が、目の前にいるような気がしたのだ。

「その将来が今よ。使いなさい」

そして、通帳を押し付けるように差し出してきた。幸太は受け取り、古びた通帳を開いた。

「こんな大金……」

思わず声が出た。涙があふれそうになる。すっかり色あせた通帳には、専門学校に通えるだけの金額が入っていた。

幸太にとっては――我が家にとっては大金だ。父が死んでお金に困っていただろうに、母は通帳に手を付けなかったのだ。

いや、違う。

手を付けなかったのではない。

記帳された数字を見ているうちに、最近まで入金があることに気づいた。父が死んだ後、入金される金額は減っているが、それでも毎月のように貯金されていた。

「母さん……」

呼びかけた瞬間、あふれかけていた涙が頬を伝い落ちた。苦しい生活の中、幸太のために貯金を続けていてくれたのだ。

嗚咽(おえつ)が込み上げてきて、言葉を発することができなくなった。それでも無理やりに押し出した。

「……ありがとう」

感謝の気持ちを伝えた。自分を育ててくれた父と母に、しっかりと頭を下げた。ただ、泣いている顔を見せるのが照れくさくて、幸太は視線を木箱に落とした。そして気づいた。木箱に入っていたのは、通帳だけではないことに――。

「菓子木型……？」

和菓子職人を目指している幸太は、この道具を知っていた。落雁(らくがん)や練り切りなどの上生菓子を型抜きするための木型である。その意匠は、四季折々の植物や花鳥風月など多様だった。木箱に入っていたのは、桜の花びらを象(かたど)った菓子木型だった。

日本の菓子木型には、主に山桜の木が使われているという。適当な硬さがあり、狂いが少ないためだ。

「お父さんが使っていたものよ。よかったら使ってあげて」

その言葉を聞いて、幸太の涙が止まらなくなった。人は死ぬが、思いは受け継がれる。古びた通帳と菓子木型。そこには、両親の思いが込められていた。

母の隣に座っている思い出の父が、幸太にだけ聞こえる声で語りかけてきた。

幸太、がんばれよ。

おまえなら幸せになれる。

幸せになるために生まれてきたんだからな。


人は、幸せになるために生まれてくる。父の口癖だった。幸太という名前も、父の口癖から付けられたものだ。

また父は、こんなことも言っていた。


おれは幸せだ。

母さんと出会えたし、幸太みたいな息子を持つこともできた。

二人とも、ありがとう。

こんなおれと家族になってくれて、ありがとう。

幸せな人生をありがとう。


病院で聞いた言葉だ。

このとき父は四十歳にもなっていなかったのに、死の床についていた。もう助からないと知っていた。

苦しかっただろう。辛(つら)かっただろう。死ぬのが怖かっただろう。でも、父が泣いたのは一度だけだった。

「母さんのことを頼む」

幸太にそう言って、ほろりと涙をこぼした。子どもだった幸太は返事ができず、ただ泣いていた——。

一人前の和菓子職人になってみせる。いつか自分の店を持って、母と暮らすのだ。母に楽をさせてやる。

そんな決心を胸に、幸太は東京に出た。専門学校を卒業して、ふみや和菓子店で働き始めた。

だけど、一人前にはなれなかった。和菓子職人でいることさえできなくなってしまった。

○

人通りの途絶えた深川の夜道で、幸太は甘酒を飲んでいる。すべてを失った両手で、カップを包み込むように持っている。

麹(こうじ)の香りが鼻腔(びこう)をくすぐり、まったりとした甘い味が口いっぱいに広がった。甘酒の温かさが食道を伝って胃に落ちていく。寒さと緊張のせいで滞っていた血行がめぐり始め、冷え切った身体がポカポカとしてきた。

あっという間に、カップに注がれた甘酒を飲み干した。幸太は、息を吐くように呟いた。

「すごく旨いです」

本音だった。甘酒のぬくもりが、胸に突き刺さった。そして、幸太はうなだれた。後悔に襲われていた。

美味しかった。

旨かった。

そう言って欲しくて、和菓子職人になったのに、自分は台なしにしてしまった。和菓子職人になろうと母に無理をさせたのに、ひったくりになってしまった。取り返しのつかない悪事を働いてしまった。

「おれは……どうしたら……」

また、言葉が漏れた。この先、どうすればいいのか分からなかった。自分の進む道が分からなかった。

途方に暮れていると、甘酒をくれた杏崎かの子が——出会ったばかりの和菓子職人が言った。

「やり直せばいいんです。何度でも何度でも、やり直せばいいんです」

○

誰かを励ますなんて柄じゃないし、説教するほど自分は偉くない。だけど、かの子は黙っていられなかった。

「失敗しても、やり直せばいいんです」

繰り返して言った。力を込めて、幸太に言った。

——人は誰でもやり直すことができる。

——人生に手遅れはない。

本当にそうなのかは分からないが、そんなふうに信じて生きていきたかった。辛いことが多くても、前向きに歩いていきたかった。

人は簡単に転ぶ。何度も何度も転ぶ。生まれてから死ぬまで、何度も何度も転ぶはずだ。何もない場所でも転ぶ。

でも、そのたびに立ち上がればいい。いずれ力尽きて立ち上がれなくなるときが来るだろうが、それは今ではない。絶対に、今ではない。

「やり直せるかな……」

幸太がポツリと呟いた。温かい甘酒を飲んだおかげか、さっきより顔色がよくなっている。

だけど、やっぱりうなだれたままだった。自分の過ちを悔い、今にも泣きそうな顔をしていた。さくらねこの木型が、そんな幸太の様子を心配そうに見ている。

――かのこ庵で働かない？

言葉が喉から出かかった。幸太に同情していた。やり直す場所を用意してあげたかった。

でも、言わなかった。ここで言うべき言葉ではないと思ったからだ。ぐっと呑み込んだ。

かの子の気持ちを代弁するように、朔が口を開いた。

「やり直すことはできる。そして、何から始めればいいか分かっているはずだ」

沈黙はなかった。幸太はすぐに答えた。

「はい。警察に行きます」

その声には、迷いがなかった。

かの子は、口を挟まない。ぎゅっと自分の手を握って黙っていた。どんな事情があろうと、ひったくりは許されることではないのだ。

人生をやり直したいと思うなら、立ち上がりたいと思うなら、悪事に手を染めたことで失った信用を取り戻す必要がある。罪を償う必要がある。

「警察に行って、自分のやったことを話します」

幸太の言葉には、決意が込められていた。どこかで踏み違えてしまった人生を、もう一度、やり直そうとしているのだ。

前を向いて生きていきたい、まっすぐに生きていきたい。正しく生きていきたい。誰もが、きっと心のどこかで思っていることだ。かの子もそうだし、幸太もそうなのだろう。

「罪を償ったら――」

かのこ庵で働かないかと誘おうとした。しかし、皆まで言うことはできなかった。

「田舎に帰ります。何とか罪を償って、もし許されるなら、そこから――生まれた町から出直します」

幸太が遮るように言ったのだった。この言葉にも迷いはなかった。息子を待っている母がいる。彼には、帰る場所があるのだ。

ふと視線を向けると、いつの間にか木型が消えていた。どうしてだかは分からないが、一足早く田舎に帰ったのだと分かった。母親と一緒に、幸太の帰りを待つつもりだろう。

「謝って済むことではありませんが、いろいろご迷惑をおかけしました。本当にすみませんでした」

深々と頭を下げた。それから、持ったままになっていたステンレスボトルのカップを返してきた。

「甘酒、すごく美味しかったです。ありがとうございました」

かの子は黙って受け取った。言うべき言葉が思い浮かばなかったのだ。幸太も、返事って、倒れていたバイクを起こし、押して歩き始めた。幸太の背中が小さくなっていく。だけど、その足取りはしっかりしていた。

和菓子職人に戻る道は険しいだろうが、きっと大丈夫だ。幸太を待っている人や妖が いるのだから。

かの子は、遠ざかっていく背中に声をかけた。

「がんばってください」

私も、がんばるから――。

しのぶ饅頭

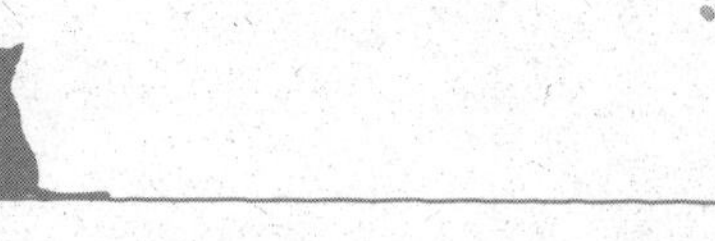

悲しみをわかちあい、故人をしのぶときにも菓子は欠かせない。

かつて葬式には特製の大きな饅頭（まんじゅう）を用意することが多かった。葬式饅頭として知られるもので、檜葉（ひば）の金型をあて、焼いた檜葉饅頭もその一つだ。これは、シノブヒバの形を使うため、しのぶ饅頭とも呼ばれる。また、春日野（かすがの）饅頭、春日（かすが）饅頭の別名もある。

「事典 和菓子の世界 増補改訂版」

岩波書店

一匹の黒猫が、深川の夜道を歩いている。いや、猫ではない。御堂神社の眷属のくろまるである。

「もう一月も終わりでございますなあ」

感慨深げに独り言を呟いた。いつも相棒のように一緒にいるしぐれはいない。傍目には、黒猫がのんきに散歩しているようにしか見えないのだが、遊んでいるつもりはなかった。

「見回りでございますぞ！」

鎮守に仕える身として、町の平和を守らなければならない。深川の平和は、自分にかかっている。本気でそう考えていた。

「物騒な世の中でございますから、油断できませぬぞ！」

誰も聞いていないのに、大声を上げた。遠い昔、御堂神社で暮らすようになる前には、こんなふうに独り言を言う癖はなかった。話し方も変わった。人も変わるが、妖も変わる。時代の流れは、いろいろなものを変えてしまう。

それでも、記憶は残っていた。

遠い昔。

朔やかの子が生まれる、ずっとずっと前。

人間たちが「江戸時代」と呼んでいる世のことを思い出した。あのころも物騒だった。

今よりもずっと物騒だった。

そして、くろまるは「黒丸」と名乗っていた。世の中は変わったが、くろまるも変わった。

○

電灯どころか、ガス灯も存在しなかった時代があった。太陽が沈むと、この世のすべてが暗闇に包まれた時代だ。

そのころ、妖たちは力を失っていなかった。妖も幽霊も、猫の身体を借りることなく本来の姿で生きていた。

黒丸も、そうだった。黒猫ではなく、烏天狗の姿で生きていた。いろいろな種類の烏天狗がいるが、黒丸の容姿は人間の男と変わりがなかった。

漆黒の髪は結べるほどに長く、瞳の色はそれより暗い黒。人間たちの目には、痩せた剣術使いに映っただろう。腰に細身の刀を差していた。牛若丸――源 義経に稽古をつけてやったときも、この刀を使った。

烏天狗は山に棲む妖だ。普通、町場にはいない。黒丸も鞍馬山で暮らしていたのだが、気まぐれを起こして江戸に出てきた。山の暮らしは退屈だった。これまでも人の町に遊びにきていた。

しかし、長く留まるつもりはなかった。用が済んだら——酒と旨い飯を食べたら、さっさと鞍馬山に戻るつもりでいた。人と話すつもりさえなかった。それなのに、出会ってしまった。

——おゆう。

十六歳の娘だ。流行病で親に死なれ、江戸の町で一人で生きていた。縫い物や子守りをやって、どうにか暮らしていた。黒丸が仮の宿として使っている廃寺近くの長屋に住んでいた。

そのおゆうが破落戸どもに絡まれていた。薄汚い男たちが、おゆうを廃寺に引っ張り込もうとしていた。

(面倒な)

舌打ちしたが、放ってはおけない。女や子どもに乱暴を働く男が嫌いだった。

黒丸は、破落戸どもの前に歩み出た。人間の目には、華奢な若い男にしか見えないのだろう。ほんの一瞬、ぎょっとした顔をしたが、すぐに嘲るような笑みを浮かべた。

「兄ちゃん、邪魔しねえでもらえるかな。おれら忙しいんだよ」

「それとも交ざりてえのか?」

顔も言うことも、何もかもが下卑ている。話す価値はない連中だ。黒丸は、無言で足を進めた。破落戸どもの笑みが大きくなった。血に飢えた獣の顔だ。

「死にてえようだな」

「やっちまおうぜ」

薄汚い男たちが、一斉に匕首を抜いた。喧嘩慣れしているようだが、その動きは遅く、黒丸の目には止まっているように見えた。

斬り捨ててもよかったが、こんな連中の血で刀を汚したくない。破落戸どもの顔面に拳を叩きつけた。

悲鳴さえ上がらなかった。男たちは吹き飛び、道端の木に身体をぶつけた。そして、そのまま動かなくなった。

黒丸は、破落戸どもにだけ聞こえる声で命じた。

〝江戸から出ていけ〟

気を失っていても届いているはずだ。目を覚ました瞬間に、この町から逃げていくだろう。破落戸風情が、天下の烏天狗の命令に背くことはできない。

「ありがとうございます」

おゆうが礼を言ってきた。頭を下げる姿は可憐だった。黒丸は、娘を見つめてしまった。

誰かを好きになるのは、雷に打たれるようなものだ。なぜ、自分が雷に打たれたのか分からないように、恋に落ちた理由は分からない。黒丸は、おゆうを好きになっていた。

だが、その気持ちを口にすることは許されない。

(相手は、人の子だぞ)

黒丸は、自分に言い聞かせた。おゆうは、人間の娘だ。好きになってはならない。人間の男と結ばれたほうが幸せになる。そう思った。出会ったばかりなのに、娘の幸せを願っている自分がいた。

一時の気の迷いではなく、おゆうを本当に好きになってしまったようだ。黒丸にとっては、生まれて初めての恋だった。

そして、それは、黒丸の片思いではなかった。翌朝早く、おゆうは廃寺にやって来た。

「黒丸さま、これを受け取ってください」

娘が差し出したのは、美しい組紐だった。わざわざ、黒丸のために作ってくれたのだ。その心がうれしかった。

組紐を受け取りたかった。

ありがとう、と礼を言いたかった。

しかし、それはできない。そんな真似をすれば気持ちが抑えられなくなってしまう。おゆうを抱き締めずにはいられなくなってしまう。

「いらぬ。余計なことをするな」

組紐に触れることなく言葉を放った。このころは、こんな話し方をしていた。令和の黒丸とは別もの
だ。ただ、突き放すような言い方をしたのは、わざとだ。

「……すみません」

組紐を差し出した手を引っ込め、おゆうがうなだれた。破落戸に襲われたときでさえ気丈に耐えていたのに、黒丸の言葉を聞いて、眦から涙があふれそうになっている。

別れを告げるべきだ。

おゆうと距離を置くべきだ。

このままでは娘がかわいそうだし、黒丸も耐えられそうになかった。心を鬼にして、言葉を押し出した。

「親もおらぬ小娘が、気安く話しかけてくるでない」

おゆうを廃寺から追い出した。胸が張り裂けそうなくらい痛かったが、泣いている娘の細い身体を乱暴に突き飛ばした。そして、廃寺に戻って戸を閉めて、おゆう以上に泣いた。

（鞍馬山に帰ろう）

そうすれば、おゆうに会わずに済む。死ぬまで独りぼっちで暮らそうと決めた。

◯

その夜、黒丸は人間たちに交じって酒を飲んでいた。鞍馬山に帰るのをやめたのではない。空を飛んで帰るつもりだったので、夜が更けて人目が完全になくなるのを待っていたのだ。

廃寺にいてもよかったが、おゆうが訪ねて来ることが怖かった。顔を見てしまえば、愛(いと)しさが募って抱き締めてしまいそうだった。

「酒だ。酒をくれ」

黒丸は、酒を呷(あお)った。いくら飲んでも酔えなかった。味もしない。思い浮かぶのは、おゆうの顔ばかりだった。

そのまま酒を飲み続けていると、少し遠くから半鐘の音が聞こえてきた。江戸の町に火事は多く、半鐘が鳴るのは珍しいことではない。聞き流そうとしたが、その言葉が耳に飛び込んできた。

「冬木町(ふゆきちょう)から火が出て、えらいことになってるらしいぜ」

店に入ってきたばかりの男が、誰に言うともなく言った。

冬木町。

黒丸が寝泊まりしていた廃寺があるあたりだ。おゆうの長屋も、冬木町にあった。

「何だと?」

黒丸は、まだ座ってもいない男に聞いた。すると、見知らぬ男は返事をしてくれた。

「大火事になりかけてるって話だ。しばらく雨も降ってねえから、何もかも乾いてやがる。あの様子じゃあ、火消しの手に——」

皆まで聞かずに立ち上がった。代金を置き、店の外に飛び出した。

煙のにおいがした。

東の空が朱色に染まっている。

すでに大火事になっているようだ。離れていても、火の勢いが強いことが分かる。おゆうの住む長屋も無事だとは思えなかった。

「くそっ」

舌打ちし、人のいない暗がりへ走り込んだ。そして、隠していた烏天狗(からすてんぐ)の翼を出した。現代の人間が見たら、堕天使の翼を思い浮かべたことだろう。美しい漆黒の翼だった。

「無事でいてくれ!」

祈るように叫び、空高く舞い上がった。それから燃えている空を目がけ、矢のように飛んだ。

瞬く間に、冬木町に着いた。恐れたことが現実になっている。おゆうの暮らしていた長屋一帯が炎に包まれていた。野次馬たちが遠巻きに見ており、付け火だという噂が聞こえた。また、彼らの話から逃げ遅れた人間がいるらしいと分かった。

黒丸は周囲を見た。おゆうの姿はなかった。だが、気配がある。おゆうは長屋にいる。

(逃げ遅れたか)

もはや疑いようがなかった。おゆうを助けに行かなければならない。炎と煙に巻かれているおゆうを救い出さなければならない。

燃えさかる長屋に近づき、黒丸は舌打ちした。

「ちっ！」

烏天狗は大妖だが、熱への耐性はない。これ以上、近づくことはできなかった。おゆうのそばまで行く前に、焼け死んでしまうだろう。

自分が死ぬのはいい。しかし、死んでしまったら、おゆうを助けることができなくなる。

「……仕方あるまい」

黒丸は呟き、空高く舞い上がった。長屋から離れたが、おゆうを見捨てたのではない。雲の上で止まり、九字の呪を唱えた。

臨・兵・闘・者・皆・陣・列・在・前

護身の秘呪として用いる九個の文字だ。指で空中に縦四線、横五線を書き、全身の妖気を集めた。そして、それを雲に放った。

「烏天狗流秘術・雨」

黒丸の声が、ふたたび響いた。その名の通り、雨を降らせる術だ。

激しい雨が長屋に降り注ぎ、一瞬のうちに火が消えた。水龍が炎を喰らったようにも見えた。

こんな馬鹿げた術を使えるのは、数えるほどの妖しかいない。黒丸は、江戸の世で三指に入る大妖だ。日本最強の妖と言われている鬼とも、互角に戦える。しかし、天候を操ることは、この世の理に反している。「烏天狗流秘術・雨」を使った見返りは大きかった。

次の瞬間、黒丸の翼が消えた。飛んでいることができなくなり、地べたに落下し始める。もう二度と、空を飛ぶことはできないだろう。この世の理に反する術を使ったことで、妖力の多くを失ってしまった。こうなることは分かっていた。分かっていながら、黒丸は術を使った。

まともに着地することすらできずに、地べたに身体を叩きつけた。全身に衝撃が走った。気を失いそうになるくらい痛かったが、まだ、やることは残っている。無理やり立ち上がり、愛する娘の名を呼んだ。

「おゆう！」

そう叫びながら痛む身体を引きずるように、火が消えたばかりの長屋に入っていった。妖力を使い果たしたせいか怪我をしたのか、身体の右半分が動かなかった。右目も見えない。それでも、黒丸は止まらなかった。

さがすほどもなく、娘はすぐ見つかった。崩れかけた長屋の床に倒れていた。何かを守るように、身体を丸めていた。

人は熱さに弱く、息を吸わなければ死んでしまう生き物だ。おゆうは、炎と煙に巻かれたのだろう。すでに虫の息だった。生命の灯火が消えかかっていた。それなのに、黒丸に気づいた。気づいてくれた。

「く……黒丸さま……」

声は小さく、ひどく掠れていた。だが、黒丸にはちゃんと聞こえた。

「そうだ。黒丸だ。おまえを助けにきた。もう大丈夫だ。おれが来たからには大丈夫だ。おまえは傷一つ、負っていない」

嘘をついた。おゆうは傷だらけだ。ひどい火傷を負っている。しゃべれることすら奇跡だった。いつ息を引き取っても不思議はない。

「おれは、おまえに惚れている。おゆう、好きだ」

黒丸は、自分の気持ちを伝えた。愛の言葉を口にしたのは、生まれて初めてのことだ。

「おれと夫婦になってくれ」

おゆうと初めて会ったときから、この言葉を伝えたかった。妖だの人間だのは関係ない。この娘を愛してしまったのだから。

自分が生まれてきたのは、おゆうと出会うためだと分かった。黒丸は、娘の目を見て愛の言葉を繰り返した。

「おまえのことが大好きだ。おれと一緒にいてくれ。ずっと、ずっと、ずっと一緒にいてくれ」

「私も、黒丸さまを……お慕い申し上げます……」

おゆうは言ってくれた。だが、一緒にいるとは言わなかった。その代わり、丸めていた身体を動かし、黒丸に右手を見せた。

そこにあったのは、組紐だった。今朝、黒丸に渡そうとした組紐を握っていた。その手をゆっくりと開き、娘は言葉を続けた。

「黒丸さまと出会えて、ゆうは幸せでした……。本当に、本当に、本当に幸せでした……」

それが、別れの言葉になった。おゆうは、目を閉じてしまった。微笑みを浮かべたまま、呼吸を止めたのだった。

「おい！　おゆう！」

慌てて名を呼んだが、娘は二度と目を開けなかった。

○

どれくらい、そうしていただろう。気づいたときには、黒猫になっていた。烏天狗の姿に戻ることはできなかった。

江戸の人間は、火事に慣れている。鎮火したと見るや、人々は忙しげに立ち働き始めていた。怪我人を助け、燃え残った家財道具を運び出している。長屋の片隅で立ち尽くす黒猫や娘の骸に構う者はいなかった。

おゆうは、組紐を差し出した姿のままだった。黒丸は、そんな娘の骸を見つめていた。ただ、じっと見ていた――。

ふいに声が聞こえた。

「受け取ってやらないのか？」

顔を上げると、いつの間にか美しい男が立っていた。切れ長の目に薄い唇。綺麗とし か表現のしようのない鼻筋。人形のような顔をしていた。銀鼠の上品な着物を着ている。町人にも見えないが、武士にも見えない。髷を結っておらず、絹のように滑らかな髪を長く伸ばしていた。

妖力のほとんどを失った黒丸だが、この男が普通の人間ではないことは分かった。幽霊でも妖でもないようだけれど、強大な力を感じた。

烏天狗だったころの自分と互角。

いや、この男のほうが上。

「何者だ？」

黒丸が問うと、男は名乗った。

「御堂神社の鎮守——御堂廉」

愛想の欠片もない声だが、敵意もなかった。

「鎮守だと？」

「そうだ。陰陽師でもある」

何でもないことのように言い放ち、ふたたび聞いてきた。

「組紐をもらってやらぬのか？」

おゆうとのやり取りを見ていたのかもしれない。黒丸の正体も知っているようだ。無視する気になれなかったのは、なぜかは分からない。しゃべる気になどなれないはずなのに、気づくと返事をしていた。

「そんな資格はない」

おゆうを救えなかった。生まれて初めて愛した女を――心のそこから惚れていた女を死なせてしまった。

妖と人間は違う。

そんな下らぬことを思い、おゆうの気持ちを踏みにじった。娘の思いを冷たく突き放した。あのとき、自分の気持ちを伝えていれば、おゆうが死ぬこともなかっただろう。見知らぬ鎮守――御堂廉は、肯定も否定もしなかった。ただ、黒丸の言葉を繰り返した。

「資格はない、か」

しばらく口を閉じ、それから、静かに言った。

「ならば、その資格とやらができるまで預かっておこう」

そして、おゆうの手から組紐を抜き取った。

黒丸は止めなかった。御堂廉とは初対面だが、なぜか、この男に預けておけば安心できる、と思ったのだった。自分も、おゆうも安心できる――。

「骸を弔ってやるとするか」

御堂廉は、おゆうの身体を抱き上げ、どこかへ向かって歩き始めた。黒丸が動かずにいると、振り返りもせずに言った。

「おまえも一緒に来い。おれ一人で葬式をさせるつもりか？」

○

その日から、くろまるは御堂神社で暮らしている。

組紐は、御堂廉の子孫――朔の髪に結ばれていた。そうして欲しいと、くろまるが頼んだのだ。代々、そうしてもらっている。

組紐だって箱に仕舞われてしまうより、使われたほうが幸せに決まっている。その代償として、くろまるは御堂神社の眷属になり、鎮守の家令になった。受け取ることのできなかった組紐を見ながら何年も、何百年も生きている。

これまで何度も鎮守に――御堂廉の子孫たちに問われた。

「まだ資格がないと思っているのか？」

明治、大正、昭和、平成、令和と代替わりするたびに聞かれるが、くろまるは返事をしなかった。まだ組紐を返してもらおうとは思わない。いずれ返してもらう日が来るかもしれないが、それは今ではなかった。

長い歳月が流れたのに、組紐は古びていない。あのときと同じ状態で、朔の髪に結ばれている。

「何にせよ、昔の話でございますな」

くろまるは軽い口調で言った。烏天狗だったころの――おゆうと出会ったころのしゃべり方は捨てた。せめて、そうしなければ、悲しみに負けてしまいそうだったからだ。

あの日から三百年以上も経っているのに、いまだに、おゆうのことを忘れていなかった。くろまるは、おゆうのことを愛していた。

○

江戸時代とは別の意味で、令和の町は寂しい。日が沈んだばかりだというのに、御堂神社のある一帯は静まり返っていた。

日本中がそうらしいが、このあたりも空家が増えていた。少子高齢化と呼ばれる時代だった。人が暮らしている家も年寄りばかりで、戸締まりもいい加減なことが多いようだ。

「物騒でございますな」

くろまるは独りごつ。心配だった。人はか弱いくせに、用心が足りていない。自殺行為としか思えない真似をする生き物だ。

「困ったものでございますな」

ぶつぶつ言いながら、夜道を歩いた。道をちゃんとおぼえていないので、歩く方向は適当だった。

「そんな歩き方をしていたら、迷子になるわよ。神社に帰って来られなくなっても知らなくてよ」

しぐれは心配していたが、こう見えても、くろまるは眷属だ。どこに行こうと御堂神社の場所は分かる。だから迷子になることはなかった。

十分か二十分くらい歩いたときだった。闇の向こうに、ポツンと小さな灯りが点っているのを見つけた。蛍が光っているように見えた。小さな光が、ゆらゆらと宙を舞うように動いている。

もちろん蛍ではない。真冬の深川に蛍がいるはずがなかった。

「怪しげなものがおりますぞ」

この世のものではないと、一目で分かった。驚きはない。人間たちは気づかないだろうが、妖も幽霊も珍しくなかった。どこにでも存在する。それでも、揺れる光が気になった。寂しげに光っていたからだ。くろまるを招いているようにも見える。

「何でございましょうかな」

光のそばに行ってみることにした。黒猫の短い足でトコトコと歩き、小さな光に近づいた。そして、ふたたび呟いた。

「空家でございますな」

辿り着いたところにあったのは、手入れの行き届いていない一軒家だった。歩いているうちに光は消えたが、怪しい気配を発している。

昭和のころによく見かけたタイプの建売住宅風の小さな家だ。庭は荒れ果てて、枯れかけた草木が伸び放題になっている。ブロック塀も崩れかけていた。

視線を上げると、表札が出ていた。古びていて文字が消えかかっていたが、どうにか読むことができた。

「春日井……」

知らない名前だった。人間であれば、勝手に入るのを躊躇うだろうが、くろまるは妖だ。しかも、今は黒猫の姿をしている。

「入ってみるとしますかな」

あっさりと決めて、怪しげな家の敷地に忍び込んだ。荒れているだけで何もなかった。さっきも感じたことだけれど、人の住んでいる気配がなかった。

引き返してもよかったが、せっかく来たのだ。とりあえず家を一周してみようと裏庭に行ったときだ。

「見かけない猫だな」

そんな声が聞こえた。空家ではなかったようだ。声のした方向を見ると、七十歳にも八十歳にも見える老人がいた。この寒いのに、灰色のカーディガンを羽織っただけの格好で縁側に座っている。枯れ木のように痩せていた。

そこにいたのは、老人だけではない。鯖柄の猫が、そばに座っていた。ただの猫ではないことは、すぐに分かった。

（これは……）

くろまるは察した。鯖猫は、意味ありげな視線をくろまるに向けていた。だが、何も言わない。静かな猫だった。

そのまま何分かが経った。痩せた老人は、くろまるに興味がなかったようだ。最初の一言を除き、話しかけてこなかった。

「そろそろ休むとするかな」

ぼそりと独り言を言って、どこへともなく姿を消した。それを待っていたように、鯖猫が話しかけてきた。

「大妖さまとお見受けします。お声がけする無礼をお許しください」

老いた女の声だった。言葉遣いは丁寧で、くろまるの正体を見抜いているようだ。しぐれと違って礼儀を知っている。

「遠慮は不要でございますぞ」

鷹揚に返事をし、問いかけた。

「鯖猫どのは、幽霊でございますな」

「はい。恥ずかしい話でございます。人間の女でございました。七十すぎまで生きることができましたのに、こうして成仏できずにおります」

老女の幽霊が、猫の姿を借りて現世で暮らしているのだ。

「それは難儀でございますな」

くろまるは同情した。死んでも成仏できないのは、不幸に他ならなかった。幽霊でも元気なものはいるが、やはり成仏するのが自然の流れというものである。

すると、鯖猫が頭を下げた。

「どうか大妖さまのお力で、あの世に送ってくださいませ」

○

その日、かの子は竹本和菓子店にいた。最後になるかもしれない和三郎主催の和菓子教室の手伝いに訪れていたのだ。

和気藹々(あいあい)とした雰囲気で教室は終わった。例によって、かの子はあまり役に立たなかった。

そうして生徒たちが帰った後、和三郎がお茶を淹(い)れてくれた。かの子を労(ねぎら)ってくれたのだった。

「手伝わせて悪かったね。助かったよ。疲れただろう」

「いえ」

首を横に振った。勉強にもなったし、アルバイト料までもらっている。これで疲れたと言ったら罰が当たる。

「かの子ちゃんのおかげで、楽しく終えることができたよ」と、和三郎は続けた。しみじみとした口調だった。

　和三郎は隠居し、この日本橋から離れることが決まっている。すでに秩父に居を移していた。和菓子教室からも身を退くつもりらしい。

「今日で終わりにするつもりだ」

　実際、次回の和菓子教室の予定は入れていなかった。

「皆さん、寂しがりますよ」

　和菓子教室の生徒たちは竹本和菓子店の常連で、和三郎との付き合いも長い。高齢者も多かった。だが不思議なことに、和三郎の引退を残念がっても、引き留める者はいなかった。

「いつまでも年寄りが出しゃばってちゃあ、若い人たちの邪魔になるからね。みんな、分かってるんだよ」

　ずっと引き際を考えていたようだ。和三郎が言い出す前に、常連たちは察していたのかもしれない。

「商売ってやつは、将来を考えてやるものだけど、歳を取るとそれができなくなるんだよ。昔のことばかり考えちゃってね」

　和三郎は言った。ちゃぶ台の上には、アルバムが置かれている。和菓子教室や地元の催し物の写真が貼られていた。アルバムも写真も、すっかり古びていた。秩父に持っていくつもりのようだ。

「昔のことを思い出しながら、一日をすごそうと思ってね」

寂しい台詞にも聞こえるけれど、それだけ思い出があるということだ。楽しかったこと。幸せだったこと。誰かを好きになったこと。悲しかったこと。辛かったこと。寂しかったこと。そんな、たくさんの記憶があるのだろう。

「このアルバムには、玄さんの写真もあるよ。見たことがあったかね」

和三郎がしんみりした声で聞いてきた。かの子は首を横に振った。

「いいえ」

写真があることさえ知らなかった。孫でも知らないことは多い。

「それじゃあ、一緒に見ようか」

和三郎は、アルバムを開いた。まだ四十代くらいの若い祖父がいた。正月の催し物なのか、竹本和菓子店の庭先で餅をついている。

昭和の職人のイメージそのままに気難しい祖父だったが、写真の中では笑っていた。すごく楽しそうだった。

他の写真も見せてもらった。古いものもあれば、最近のものもあった。この世に残っていない人たちの写真が何枚もあった。

「人の一生なんて儚いものだねえ」と、和三郎が呟くように言った。本当に儚いもんだ、と。

○

日が沈み、かの子は御堂神社に戻った。かのこ庵に行くと、朔が店前の縁台に座っていた。くろまるとしぐれもいる。それから、鯖猫の姿があった。縁台の端に行儀よく座っている。初めて見る顔だ。

かの子に気づき、くろまるが大声を上げた。

「姫、早く来てくだされ！　お客人が待っておりますぞ！」

「え？　お客さま？」

聞き返しながら歩み寄ると、鯖猫が立ち上がった。その瞬間、どこからともなく枯れ葉たちが飛んで来て、鯖猫の姿を隠すように舞った。風など吹いていないのに、渦を巻いていた。

どうすることもできず、かの子はその様子を見ていた。すると、唐突に枯れ葉が消え、鯖猫がいなくなっていた。

いや違う。

いなくなったのではない。

人間の姿に戻ったのだった。

鯖猫の代わりに、七十歳くらいの女性が立っていた。痩せていて、やさしそうな顔をしている。昭和レトロな雰囲気の白い割烹着を着ていた。昔の朝ドラから抜け出してきたような雰囲気の婦人だ。

「はじめまして。春日井美穂です」

丁寧に頭を下げられたが、かの子は挨拶を返せなかった。驚いていた。猫が人間になったからではない。

「……え？」

しばらく黙った後に、おかしな声が出た。この老婦人――美穂の顔に見覚えがあったからだ。実際に会ったことがあるのではなく、ついさっき、竹本和菓子店で見た写真に同じ顔があった。

他人の空似だろうか？

いや、違う。

上手く説明できないけれど、同じ人物だと分かったのだ。そんなかの子を見て、くろまるが聞いてきた。

「知り合いでございましたかな？」

かの子は首を横に振り、驚いた理由を話した。

「さっき、竹本和菓子店で見たアルバムの写真に……」

言いかけたところで、美穂が頷いた。

「和三郎さんですね。夫婦で仲よくさせていただいていました」

竹本和菓子店は、地域に根付いた名店だ。歩いていける距離に家があるなら、知っていても不思議はない。和菓子教室だって、近所からたくさんの人たちが参加してくれた。

かの子が納得していると、くろまるがせっつくように言った。

「成仏できずに困っているのでございますぞ！」

つまり、美穂は死者ということだ。この点について驚きはなかった。しぐれも幽霊だし、その他にも、そんな猫たちを見ている。問題は、この後のくろまるの発言だった。

「姫、成仏できる和菓子を作ってくだされ！」

「え……？」

無茶振りである。

かのこ庵は妖（あやかし）や幽霊を客にしているが、かの子は和菓子職人であって、死者の供養を請け負う職業の人間ではない。幽霊を成仏させるなどという真似ができるはずがなかった。

むしろ、朔の役目ではないだろうか。そう思ったことが伝わったらしく、美貌（びぼう）の鎮守が口を開いた。

「成仏というのは、神道にはない言葉だ」

そうだった。かの子は神社が好きで、ある程度の知識は持っていた。神道では、人は死んでもこの世にとどまって、いつまでも子孫を見守ってくれる存在だと考えられている。

「おれの知るかぎり、成仏は仏教用語だ。まあ、神道にも似たような概念——『まつりあげ』という言葉があるがな」

神社本庁の公式ページでは、「普通は五十年で『まつりあげ』となり、故人の御霊は清められて神様のもとに帰るといわれます」と説明されている。

「まつりあげ……」

美穂がその言葉に反応した。なぜか、遠い目をしている。くろまるが意を汲んだように、朔に頼んだ。

「では、そのまつりあげをやってくだされ！」

死後五十年が経っているか分からないのに、そんなことを言うのだ。美穂も、朔をすがるように見ている。

「無理だ。まつりあげどころか、神葬祭もやったことがない。御堂神社は、そうした場所ではない」

神葬祭とは、神道の様式で行われる葬儀のことだ。神葬とも言う。現在でも、神葬祭を行う神社は存在しているが、すべての神社でできるわけではなかった。そもそも御堂神社は、人間のための場所ではないのだ。

「申し訳ないが、その点はご了解ください」

「はい……」

美穂が返事をしたが、声に元気がなかった。悲しげにうつむいてしまった。がっかりしたようだ。まつりあげをやって欲しかったのだろうか。

こんなとき、くろまるは黙っていられない妖であった。

「神社でできなくとも、姫がおりまするぞ！」

侠気があるのは結構だが、こっちに振らないで欲しい。かの子の願いも空しく、くろまるは続けた。

「姫は成仏させる名人でございます！　先日もアイス最中を作って、哀れな少女を成仏させたのでございますぞ！」

とんでもない情報を流している。そんな名人になったおぼえはない。しかも、くろまる言うところの「哀れな少女」——レナは成仏していなかった。さらに言えば、しぐれにも和菓子を作ったことがあるけれど、これまた成仏していない。

それなのに、美穂は反応を示した。

「哀れな少女を成仏させた……」と、くろまるの言葉を繰り返している。完全に信じてしまったようだ。

否定しようとしたが、その暇もなく、しぐれが落ち着いた口調で言った。

「つまり、かの子の仕事ということですわ。美穂が成仏できる和菓子を作ってあげなさいな」

分かったような、それでいて、まったく分からない理屈だった。「つまり」の使い方がおかしい。

でも、和菓子を作るのは、かの子の仕事だ。かのこ庵を訪れるのは、事情のある妖や幽霊ばかりだ。尻込みしていては始まらない。

「私の作った和菓子を食べても、成仏できる保証はありません」

くろまるの言葉を否定してから、和菓子職人として続けた。

「それでよろしければ作ります。希望する和菓子があれば、おっしゃってください」

美穂の返事は短かった。

「死者を弔うためのお菓子をお願いします」

○

和菓子は、人の一生に寄り添うように存在している。それこそ、生まれて間もないころから和菓子との関係が始まる。

例えば、生後三日目には「三つ目のおはぎ」を作る風習のある地方があり、生後七日目には鳥の子餅や鶴の子餅、赤飯などが配られる。

その後も初宮参りでも紅白饅頭や鶴の子餅など、初節句では菱餅や桜餅、柏餅などが用意され、さらに、お食い初めの紅白饅頭、七五三の千歳飴と続き、成人式には紅白饅頭や引き菓子を配る。

そして、人生の終わり——葬式や供養の席で出される和菓子があった。美穂の注文通り、死者を弔うための和菓子だ。

「葬式饅頭を作ろうと思います」

かの子が言うと、しぐれが疑わしそうな顔をした。

「かの子の腕で作れるのかしら？」

正しい心配だった。一人で葬式饅頭を作った経験はなかった。誰にとっても、葬式は重要な場だ。やり直すというわけにはいかず、下手なものを作れば、取り返しがつかなくなる。半人前の和菓子職人に、葬式饅頭作りを任せる店はないだろう。

「一口に葬式饅頭と言いますが、地方によって違いがあります」

かの子は説明をする。関東では白と青（抹茶の色）、関西では白と黄が一般的だと言われている。

「一般的であっても、絶対的な決まりではありません。例えば、明治期の小説家である尾崎紅葉（おざきこうよう）は、赤・青・白の三色の米饅頭を注文するように遺言したと伝えられています」

口上を述べると、くろまるがストレートに聞いた。

「美穂どのは、どのような葬式饅頭をお望みでございますか？」

「お任せいたします。死者を弔うことができれば、どのようなものでも結構です。供養になるような和菓子をお願いいたします」

相変わらず、すがるような口調だった。さらに聞いたが、信仰している宗教はなく、葬式饅頭にこだわりもないようだ。

　だが、適当に作るというわけにはいかない。葬式饅頭を作ることが目的ではなく、美穂を成仏させたいのだから。

　詳しい話を聞こうとしたが、美穂の返事は曖昧なものばかりだった。まるで他人を成仏させようとしているようだった。美穂自身、どうすればいいのか分からないのかもしれない。

　そうこうしているうちに、朝が近づいてきた。幽霊は、太陽の光が苦手だ。明るくなり始めた空を見て、美穂が言い出した。

「そろそろ帰ります。夫のことも心配ですから」

　死者が生者の心配をするのは珍しいことではない。鯖猫の姿に変化して、美穂は帰っていった。

○

　成仏できないからと言って、生きていたころと同じわけではない。美穂が帰った後で、朔が呟くように言った。

「気持ちが、あの世に行っていたようだな」

　しぐれやレナのように意識のしっかりした幽霊もいる一方、美穂のようにぼんやりとした意識の幽霊も少なくないという。

十分に話を聞くことはできなかったが、死者を弔うための和菓子といえば、だいたい決まっている。問題は、しぐれに指摘されたように、かの子の腕で作れるかだった。

こんなとき、頼れる相手は一人しかいない。思い浮かんだのは、和菓子作りの名人にして、祖父の弟弟子である竹本和三郎だ。

――分からないことがあったら、遠慮せずに聞きにおいで。

そんな言葉をかけてもらっていた。和三郎は、かの子が神社に住んでいることは知っているが、かのこ庵については知らない。妖や幽霊相手の和菓子屋なんて話せるわけがなかった。

それでも、かの子が和菓子を作り続けていることは察しているようで、何かと気にかけてくれる。

教えを請うのは恥ではない。

たとえ恥だとしても、かの子が恥をかくことによって救えるものがあるのなら、そっちのほうがいい。

御堂神社に来るまでは、祖父のような和菓子を作りたいと思っていた。今もその気持ちは残っているが、それ以上に、食べてくれるものの幸せを願うようになった。

極端なことを言ってしまえば、作るのは和菓子じゃなくてもいい。洋菓子でも何でもいい。とにかく、美味しいと言って欲しかった。笑って欲しかった。かの子の作ったものを食べて元気になって欲しかった。

太陽が昇りきるのを待って、神社から和三郎に電話した。葬式饅頭の作り方を教えてください、と頼んだのだった。

○

「明日の午前中なら大丈夫だよ。ずっと家にいる予定だからね」

和三郎にそう言われ、かの子は、翌朝十時すぎに竹本和菓子店に到着した。すでに店は営業を始めている。その商売の邪魔をしないように、裏口に回った。すると和三郎が待っていて、家の台所に案内された。

「手狭で悪いけど、ここでやらせてもらうよ」

和三郎は、挨拶(あいさつ)もそこそこに言った。和菓子教室は終わったし、かの子はもう竹本和菓子店と無関係だ。店の作業場を使えないのは当然だろう。和三郎に教えてもらえるのだから、文句を言ったら罰が当たる。

「よろしくお願いします」

かの子が頭を下げると、和三郎が聞いてきた。

「どなたの葬式なのか聞いてもいいかな」

「は……はい。ええと、葬式ではなく供養ですが」

春日井美穂の名前を口にした。隠す必要もないと思ったのだ。もちろん、幽霊に頼まれたとは言えないが。

「春日井美穂さん？」

和三郎が聞き返してきた。驚いた顔をしている。

まずいことを言ったかもしれないが、今さら取り消すことはできない。仕方なく、かの子は頷いた。

「は……はい」

「そうか。あの春日井さんの供養を……」

考え込むように呟き、少し間を置いて言葉を継いだ。

「かの子ちゃんは、御堂神社にいるんだったね。それで供養の手伝いをすることになったんだね」

自分なりに納得したようだ。御堂神社のことも知っているらしい。竹本和菓子店から歩いて行ける距離にあるのだから不思議はなかった。ましてや和三郎は、この町で生まれた人間だ。

「手伝いと言えば、手伝いのような……」

むしろ神社の鎮守や眷属に手伝ってもらっているのだが、それも言わないほうがいいだろう。幸いなことに、これ以上、和三郎は突っ込んでこなかった。

「美穂さんの供養ということは――」

何やら考え込んでいた。かの子がきょとんとしていると、やがて和三郎が我に返った顔で言った。

「それじゃあ、作ってみるとしようかね」

何を考え込んでいたのか聞く暇もなく、和三郎は葬式饅頭（まんじゅう）を作り始めた。実際に作っているところを見せて、かの子に学ばせようというのだろう。技は言葉で教わるものではない。見て盗むものだ。

余計なことを考えている場合ではない。和三郎の一挙手一投足を見逃さないように集中した。

もうすぐ和三郎は日本橋からいなくなる。かけがえのない時間だった。この一瞬一瞬を大切にしなければならない。できるだけ多くの技を盗まなければならない。

○

かのこ庵は、妖と幽霊相手の和菓子屋だ。日が落ちるのを待って店を開ける。開店時間は決まっておらず、閉店時間も曖昧だった。

店員ではないが、朔やくろまる、しぐれがいることが多い。この日は、天丸と地丸が店前で遊んでいた。くろまるとしぐれを背中に乗せている。

「わんっ！」

「わんっ！」

バイクを倒すほどの巨犬だが、決して凶暴ではない。普段は、もふもふと可愛らしい。寝ているか、今みたいに楽しそうに遊んでいる。

このとき、かの子は作業場で葬式饅頭を作っていた。付け焼き刃かもしれないが、名人・竹本和三郎直伝の葬式饅頭だ。ちゃんと作ることができれば、どこに出しても通用するだろう。

何度か失敗し、ようやく、店に出せそうなものが完成したときだった。それを待っていたかのように声が上がった。

「お客さまが来たわよ！」

「美穂どのでございますぞ！」

しぐれとくろまるが教えてくれた。天丸と地丸も、「わんっ！」「わんっ！」と鳴いている。

店の外に出ると、美穂が立っていた。昨日と違い、今日は最初から人間の姿をしている。かの子の知っている幽霊――しぐれやレナと違って、この女性からは儚げな印象を受けた。

（幽霊なんだから、儚いのは当たり前か）

むしろ、元気いっぱいのしぐれやレナのほうが間違っている。美穂は、幽霊らしい幽霊と言えるのかもしれない。

「こんばんは」

美穂が静かに頭を下げた。このとき、朔だけはどこか遠くを見ていた。かの子がその理由を知るのは、もう少し後になってからだ。

○

妖や幽霊は、店の中よりも外を好む傾向にある。美穂も例外ではなく、店前の縁台に座った。一月も終わりだが、なぜか、野点傘を立てている縁台の周囲は寒くなかった。

「本日は、お越しいただきありがとうございます」

「お世話になります」

そんなふうに挨拶を交わした後、かの子は作業場に戻り、作ったばかりの葬式饅頭を縁台に運んだ。

「お待たせいたしました」

美穂だけでなく、朔やくろまる、しぐれの分も用意した。弔いなのだから、列席者全員に配るのは当然だろう。

「大きな饅頭でございますな」

「青白饅頭じゃないのですわね」

黄白饅頭でも、もちろん紅白饅頭でもない。かの子が作ったのは、小判型の大きな饅頭である。

「檜葉焼饅頭か」

朔は知っていたようだ。昔は葬式の返礼品の定番だったが、最近は見かけなくなったと言われている。東京などの都心部では、葬式に饅頭そのものを出さないことも増えているそうだ。

「祖父は、『しのぶ饅頭』と呼んでいました」

かの子は説明を加えた。この饅頭を作るのに、シノブヒバの形を使うからだ。「亡き人をしのぶ」という言葉に掛けてもいるだろう。春日野饅頭や春日饅頭という別名もあった。

「これを食べれば成仏できますぞ！」

くろまるが、無責任に請け負った。猫語になっていないので、本気でそう思っているようだ。

「わたくしも成仏できるのかしら？　楽しみですわニャ」

これは、しぐれの発言である。成仏できるとは思っていないのだ。かの子が何か言う前に、朔が口を挟んだ。

「食べてみれば分かることだ」

供養のために作ったのだけれど、法事のような儀式をするつもりはないらしい。それも当然で、ここは和菓子屋だ。神社でも寺でもないのだから。

「お召し上がりください」

かの子が声をかけると、美穂が丁寧に手を合わせた。

「いただきます」

真剣な顔をしていた。その仕草は、何かを祈っているようだった。成仏できることを願っているのだろうか。美穂は、しばらく手を合わせていた。

やがて、しのぶ饅頭を食べ始めた。大きいままだと食べにくいのだろう。四つに割って食べている。そんな所作も上品だった。

いろいろと正反対だったのが、くろまるとしぐれだ。

「我も食べてみますぞ！」

「実食ですわ！」

元気よく叫び、しのぶ饅頭にかぶりついた。大人の手のひらくらいあろうかという饅頭をガツガツと食べていく。妖と幽霊のくせに、生命力に満ちあふれていた。あっという間に完食し、小さくげっぷをした。

「姫、美味しいですぞ！」

「ふん。まあまあですわニャ！」

満足したようであった。かの子自身も作ったときに味見しているが、和三郎の教え方がいいのか、確かに上手くできていた。あんこがぎっしりと固めの皮に包まれていて、渋めのお茶とよく合う味だった。

——だが。

「ごちそうさま」

しのぶ饅頭を食べ終えても、美穂は成仏しなかった。今までと変わらぬ様子でお茶を飲んでいる。

（あれ……？）

かの子は、違和感をおぼえた。成仏しなかったからではない。美穂が残念そうな顔をしていなかったからだ。

「美穂さん、あの——」

思わず声をかけた、そのときのことだ。遊び疲れて縁台のそばで寝転がっていた天丸と地丸が、急に立ち上がり、何かを教えるように吠え出した。

「わんっ！」

「わんっ！」

その視線は、神社に向けられていた。かの子もそっちを見た。人影が鳥居をくぐって、境内に入ろうとしていた。月が出ているが、遠目には顔が見えなかった。和服を着た男性のように思える。

「竹本和三郎だな」

そう言ったのは、朔だった。鎮守だからなのか、夜目が利くのか、この暗い中でも見えるようだ。

「和三郎さんが……？」

かの子は聞き返す。ここにやって来る理由が分からなかった。こんな夜更けに神社にお参りでもないだろう。

普通の人間の目には、かのこ庵は映らない。境内に足を踏み入れても、小さな神社があるだけとしか思わないだろう。人影は社務所の前まで行って、誰かをさがすようにキョロキョロしている。

「行ってみるとするか」

「はい」

かの子は、朔の言葉に頷（うなず）いた。

○

くろまるとしぐれに店番を頼み、朔と一緒に神社のほうへ歩いていった。そこにいたのは、朔の言うように和三郎だった。いつもの着物姿で、とんぼ柄の風呂敷（ふろしき）包みを持っていた。

和三郎は、他に人影はなく、一人で来たようだ。かの子を見て穏やかな声で言った。

「遅い時間にすまないね」

それから、朔に頭を下げた。

「お初にお目にかかります。竹本和三郎と申します」

「御堂神社の御堂朔です。ご丁寧な挨拶、痛み入ります」

朔が応じると、和三郎は何かを納得したような顔で小さく頷いた。かの子には、何を納得したのかは分からなかった。和三郎はそこには触れず、かの子に風呂敷包みを差し出した。

「美穂さんたちの供養をするんだったよね。よかったら、これも使っておくれ」

「は……はい」

返事をしながら受け取った。菓子箱のようだ。ずっしりとした重量があり、微かに甘いにおいがする。中身を知りたかったが、和三郎は何も言わなかった。ただ朔に一礼し、神社から帰っていった。

その背中が消えてから、かの子はもらった菓子箱を開けた。予想通り、和菓子が入っていた。

「大きな饅頭だな」

朔が言った。そこに入っていたのは、成人男性の握りこぶしより一回り大きい饅頭だった。ただし、ただの饅頭ではない。和菓子職人なら、見た瞬間に予想できる。

「たぶん、蓬萊山です」と、かの子は言った。

「蓬萊山？」

さすがの朔も知らなかったようだ。かの子は説明する。

「不老不死の仙人が住むという中国の『蓬莱山』を表わしたお饅頭です。とらやでは『蓬が嶋』の名前で売られているので、そちらの名前でおぼえている人も多いかもしれませんね」

「蓬が嶋というのは、不老不死の仙人が住む理想郷のことだな？」

朔は知っていたようだ。

「はい。中国の伝説にあるものです。蓬莱山、蓬莱島とも呼ばれていて、水墨画などの美術品に描かれることも多いようです」

これは専門学校の授業で習った知識だ。かの子も、いずれは作ってみたいと思っている有名な和菓子だった。だけど、分からなかった。

「どうして、これを持ってきたんでしょう？」

聞くともなく呟いた。供養の席に出すものではあるまい。

「『子持ち饅頭』とも呼ばれているめでたい和菓子なんです」

かの子が知らないだけかもしれないが、弔いには相応しくない気がする。だが、朔の意見は違った。かの子の説明を聞いて納得していた。

「なるほど。そういうことか」

そんな言葉を呟いた。和三郎の意図が分かったようだ。蓬莱山を見ながら、かの子に聞いてきた。

「これと同じものを作れるか？」

「む……無理です」

朔の絶対味覚で砂糖などの分量を教えてもらったとしても、微妙な加減は難しい。味だけでなく、形の問題もある。このレベルの蓬莱山を作る技術はなかった。何年――もしかすると何十年もの修業が必要だろう。一生かかっても辿り着けない可能性も低くはない。

「ならば、これを出すとするか」

「蓬莱山を供養の席に？」

聞き返すと、朔が頷いた。

「それが一番いい」

和三郎もそのつもりで持ってきたようだが、かの子にはやっぱり意図が分からなかった。

めでたい和菓子で、成仏できない幽霊を供養するなんて。

○

この夜の来訪者は、和三郎だけではなかった。かのこ庵に戻ると、美穂の隣に老人が座っていた。

最近では、七十代八十代になっても若々しい人が増えている。年寄りの定義が難しい時代でもある。老人という言葉が死語になりつつあるようにさえ思える。

しかし、このとき、そこにいたのは見るからに「老人」だった。顔は窶れて頬が痩け、疲れ果てた顔をしている。病気にかかっているのだろうか。やけに血色が悪い。

くろまるとしぐれが、その老人を紹介した。

「姫、春日井進一どのでございますぞ！」

「美穂の夫よ！　夫！」

しぐれの口調は、どことなく噂好きの主婦を思わせた。昼ドラに出てきそうであった。

それはともかく、普通の人間は、かのこ庵が見えないはずだ。まさかと思いながら進一の足もとを見ると、影がなかった。

（そういうことだったんだ）

納得していると、進一が挨拶した。

「妻がお世話になっております」

「こ……こちらこそ」

我ながらよく分からない言葉を返し、念のため聞いてみる。

「もしかして、進一さんも幽霊なのでしょうか？」

聞くまでもない質問だった。

「夫婦そろって成仏できずにおります」

進一が恥ずかしげに答えた。美穂だけに葬式饅頭を振る舞っても成仏しなかった理由が分かったような気がした。

そう思っていると、ふたたび、くろまるが無茶振りを始めた。

「進一どのも、ついでに成仏させてくだされ」

気軽な感じである。夫も幽霊だと気づいていたようだ。だったら言ってくれればいいようなものだが、人間の常識を妖（あやかし）に押し付けるのは間違っているのだろう。そもそも、くろまるにとって幽霊は珍しい存在ではないのだから。

「供養をしていただけると聞いて、ここまで参りました。ご面倒をおかけしますが、よろしくお願いいたします」と進一が頭を下げた。美穂もそうだが、話し方も丁寧で、常識人の夫婦に見える。

（蓬莱山を出すのは、まずいと思うんだけど……）

祝い事の引き出物として用いられる和菓子なのだ。成仏できない幽霊に相応しいものではない。

夫婦そろったところで、もう一度、しのぶ饅頭を用意したほうがいいのではなかろうか。

そんなことを思っていると、朔が話を進めた。

「竹本和三郎氏が、あなたたちに和菓子を持ってきてくれました」

「和三郎さんが……」

美穂が問うように呟いた。

蓬萊山を出すことに躊躇いはあったが、朔の言うように、和三郎が春日井夫婦のために持ってきたのだ。そのときは聞き流してしまったけれど、改めて思い返すと、和三郎は「美穂さんたちの供養」と言っていた。かの子が勝手に出さないと決めては駄目だろう。

それに、蓬萊山が春日井夫婦の思い出の和菓子だという可能性もある。人は、思い出に寄りかかるように暮らしている。大切な出来事を思い出すことで、やさしい気持ちになったり励まされたりするものだ。

やはり、出すべきだ。

かの子は意を決して、年老いた幽霊の夫婦に言った。

「ええ。和三郎さんから預かっています。かのこ庵の和菓子ではありませんが、それを召し上がっていただこうと思っています」

こうして、おめでたい和菓子を幽霊に出すことになったのだった。

○

かの子は、和菓子の用意を始めた。蓬萊山は切って食べるものだが、この場合、事前には切らないほうがいいだろう。春日井夫婦の目の前で切ったほうがいいと判断した。だから用意と言っても、たいしてやることはない。もらった蓬萊山を大皿に載せ、人数分の小皿と包丁を店前の縁台に運んだ。

「大きな饅頭でございますな！　しかし、わざわざ切って食べなければならぬとは、面倒な代物でございますぞ！」

「なんか雑ですわ。本当に竹本和三郎が作ったのかしら」

くろまるとしぐれの反応は芳しくなかった。何も知らなければ、ただの大きな饅頭にしか見えない。雑というのは言いすぎにしても、しぐれの言わんとするところは理解できる。

でも、もちろん、ただの大きな饅頭ではなかった。説明をするより、切って見せたほうが早いだろう。

「お取り分けいたします」

かの子はそう言って、饅頭に包丁を入れた。人間国宝級の名人が作った蓬萊山を切っていると思うと、包丁を持つ手が震える。切り方を間違えれば、せっかくの逸品が台なしになってしまう。

息を止めるほどに集中して包丁を入れると、どうにか綺麗に切ることができた。その切断面を見て、くろまるとしぐれが目を丸くした。

「大きな饅頭の中に、小さな饅頭がたくさん入っておりますぞ！」

「た……たいしたことはありませんニャ！」

驚いたようだ。かの子も初めて見たときは、鮮やかさに言葉を失った。蓬萊山は美しい和菓子だった。

「ご覧のように、大饅頭の中に、紅・黄・白・緑・紫の五色のあん入りの小饅頭が入っています」

かの子は説明を加えた。大饅頭を真ん中で切ったことで、その彩りが鮮やかに見える。

「昔の大饅頭の中には、小饅頭が二十個も入っていたそうです」

豆知識を披露すると、くろまるとしぐれが感嘆の声を上げた。

「匠（たくみ）の技でございますな！」

「だ……だから、たいしたことありませんニャ！　これくらいの和菓子なら、かの子にも作れますわよ！」

いや、作れない。包丁を入れる場所まで計算して作るのは無理だ。きっと、似て非なる何かになってしまう。

「これが和三郎さんの……。相変わらず見事なもんだ」

「本当ですね」

夫の言葉に相づちを打ち、昔を思い出すように呟（つぶや）いた。

「たくさん食べましたね」

「そうだな。和三郎さんには、世話になったな」

遠い目をしている。ただ、蓬莱山が思い出の和菓子というわけではないようだ。和三郎の作った和菓子を褒めはしたが、通り一遍の感想のようにも聞こえた。

だが、今さら引っ込めるわけにはいかない。食べやすいように、さらに蓬萊山を切り分け、春日井夫婦に勧めた。

「どうぞお召し上がりください」

「ええ。ありがたく、いただきます。皆様も一緒に食べてください」

進一が頷（うなず）き、そんなことを言った。ちびっこ眷属（けんぞく）ふたりが、即座に反応した。

「そのつもりでございますぞ！」

「仕方ありませんわね！」

さっさと食べ始めたのだった。相変わらずの食欲だ。放って置いたら、ふたりで全部食べてしまいそうだ。

「美味（おい）しゅうございますな！」

「わたくし、いくらでも食べられてよ！」

絶賛であった。二切れ三切れと食べていく。その様子を見ていると、朔が言った。

「かの子も味を見たいんだろ」

和三郎の作った蓬萊山である。食べたくないわけがなかった。でも、店長として客の和菓子を食べるのは躊躇いがあった。

「ええと……」

後ろ髪を引かれながら断ろうとしたときだ。美穂が声をかけてくれた。

「遠慮せずに召し上がってくださいな」

その声はやさしい。進一にしろ美穂にしろ、穏やかで、この世に未練を残しているようには見えなかった。

「は……はい」

かの子は頷き、その言葉に甘えることにした。蓬萊山の一切れを口に運んだ。

「美味しい」

言わずにはいられなかった。あんこは甘く、小豆の滋養に満ちた味が十分に引き出されている。饅頭の中に饅頭が入っているからだろう。歯触りも面白かった。小饅頭の皮がアクセントになっているのだ。

「また、こうして和三郎さんの和菓子を食べられるとは思ってなかったな」

「本当ですね」

春日井夫婦が会話を交わした。ありがたがっているようだが、ふたりの表情は冴えない。それでも、かの子にお礼を言った。

「私どものためにありがとうございます」

「ご迷惑をおかけしました」

謝る必要などないのに、頭を下げている。かの子にではなく、他の誰かに謝っている気がしたが、夫婦の気持ちは見当もつかない。

そして、和三郎の作った蓬萊山を食べても、成仏する気配はなかった。また振り出しに戻ってしまった。しのぶ饅頭を出しても同じ結果になるような気がするし、特に美穂はもう満腹だろう。

（日を改めてもらったほうがいいかも）

そう思ったときだ。突然、朔が問いを発した。

「『蓬莱山』、『蓬が嶋』の他にも呼び方があったな。かの子、教えてくれ」

「……はい」

戸惑いながらも頷いた。かの子は、先刻朔に説明したときに言った言葉を繰り返した。

「子持ち饅頭です」

「どうして、そう呼ばれると思う」

朔に重ねて問われた。

「そ……それは、子どもを大切に抱く親の姿を連想させるからではないでしょうか」

子ども。

その言葉を口にしたときだった。ふいに周囲の景色が消えた。

「――っ？」

かの子は、ぎょっとした。かのこ庵も御堂神社も、遠くに見えていたビルの影も消えてしまった。残っているものは、野点（のだて）傘と縁台だけだった。この世の終わりが訪れたような景色に、かの子は言葉を失った。

だが、心細くはなかった。朔が消えていなかったからだ。

「大丈夫だ」

そう声をかけてくれた。くろまるやしぐれもいた。春日井夫婦も残っていた。

「暗いほうが話しやすいこともある」

「話しやすいこと？」

「そうだ」

朔は頷き、春日井夫婦に視線を向けた。進一も美穂も、蓬萊山を見たまま黙っている。静かだった。何の音も聞こえない。景色もなく音もない世界に迷い込んだようだった。

永遠を思わせる静寂の中、朔がふたたび口を開いた。

「成仏できないのは、悔いていることがあるからだ。そして、それは自分たちのことではあるまい」

春日井夫婦が成仏できない理由に気づいているのだ。かの子は、進一と美穂を見た。朔の言葉を否定しなかった。鎮守がさらに聞く。

「供養したい相手がいるのだろう？」

この質問には、かの子が驚いた。相変わらず春日井夫婦は否定しない。幽霊であるふたりが、誰かを供養する？　いったい誰を供養するというのか？

「まつりあげだ」

朔が、唐突に言った。初めて美穂が訪れたときに、この言葉が出てきた。美穂は反応し、遠い目をした。

子持ち饅頭（まんじゅう）。

まつりあげ。

二つの言葉が、かの子の脳裏に浮かんだ。何となく見えてきたものがあった。五十年前に死んだ人間がいるのだ。

また少し沈黙があった。その沈黙を破ったのは、進一の声だった。

「本当に、あれから五十年も経ってしまったのでしょうか」

誰に言うともなく呟き、老人は昔話を始めた。それは、進一と美穂の間に起こった悲劇だった。

○

時の流れは早い。いろいろなものを置き去りにして進んでいく。そして、二度と戻ってこない。

今からおよそ五十年前、昭和と呼ばれた時代のことだ。この深川の外れで、一つの家族が暮らしていた。春日井進一と美穂、その息子の健太郎(けんたろう)の三人だ。夫婦はともに二十代前半と若く、健太郎はまだ三歳だった。そう、まだ三歳だった。たった三歳だった。

進一は近くの工場で働いていたが、休みの日には、家族三人で買い物や散歩に行った。夫婦ともに口数の少ないタイプだったが、その子どもとは思えないくらい、健太郎は騒々しく元気があった。

裕福ではなかったけれど、夫婦は幸せだった。笑ってばかりいた。この幸せが永遠に続くと信じていた。

だが、この世の中で、幸せほど脆(もろ)いものはないのかもしれない。ささやかな幸せを感じる毎日が当たり前すぎて、健太郎と一緒にいる毎日が当たり前すぎて、進一も美穂も油断していた。

ある日、家族三人で買い物に行った。その帰りのことだった。お菓子とおもちゃを買ってもらったからだろう。健太郎ははしゃぎ、両親の前を歩いていた。

――歩き慣れた道だった。

――自動車やバイクの来ない歩道だった。

そんなふうに言い訳することもできるけれど、やっぱり一人で歩かせるべきではなかった。

ほんの一瞬の出来事だった。脇道から飛び出してきた自転車が、健太郎の身体にぶつかった。乗っていたのは男子高校生で、かなりのスピードを出していた。歩道だというのに立ち漕(こ)ぎをしていた。

健太郎の小さな身体が撥(は)ね飛ばされ、歩道に倒れた。現実には何秒もかからなかったはずだが、夫婦の目には、その情景がスローモーションのように映った。手を伸ばせば、我が子を捕まえることができそうなほど、時間はゆっくりと流れた。

でも、それは幻だった。

手を伸ばす暇さえなかった。

健太郎は立ち上がらない。

我が子を撥ねた自転車が転倒し、乗っていた男子高校生が車道に転がった。そして、走ってきたトラックに轢かれた。高校生の身体が潰れた。

急ブレーキの音が響き、いくつもの悲鳴が上がった。救急車を呼べ！　警察に連絡して！　いろいろな声が混じっている。

進一と美穂は、倒れている我が子のそばに駆け寄った。

「健太郎！　健太郎！　健太郎――」

大声で名前を呼んだ。

だが、返事はなかった。

健太郎のそばには、買ったばかりのお菓子とおもちゃが転がっていた。それを拾う者は、誰もいなかった。

やがて救急車の音が聞こえた。警察もやって来た。健太郎は病院に運ばれたが、治療を施されることはなかった。

すでに死んでいたからだ。

○

アニメのキャラクターがプリントされたパジャマ。

玄関に置かれた小さな運動靴。

お気に入りのブタのぬいぐるみ。

図書館から借りてきた絵本。

家には、健太郎のものが呼吸をしていた。持ち主が帰ってくるのを、じっと待っていた。

「嘘だ……。嘘に決まってる……。悪い夢を見ているんだ……」

進一は、何度も何度も呟(つぶや)いた。そうやって、この悪夢から覚めるのを待っていた。現実から目を逸(そ)らし、健太郎のいる生活が戻ってくるのを待っていた。事故がなかったことになる日を待っていた。

息子の死を受け入れられなかったのは、美穂も同じだ。葬式が終わった後も、遺骨を墓に納めた後も、妻は三人分の食事を用意し続けた。健太郎の大好物のハンバーグを作り、唐揚げを作った。いつもそうしていたように、オムライスにはケチャップで息子の名前を書いた。けんたろう、と書いた。

二人は、似たもの夫婦だった。穏やかな人柄ではあるけれど、突然の不幸に立ち向かう勇気がなかった。

愛する我が子の死を受け入れることができなくとも、時間は流れていく。幸せでも不幸でも、時計の針は等しく進む。

健太郎がいないまま十年がすぎ二十年がすぎ、いつの間にか半世紀近い歳月が経った。進一と美穂は、年寄りと呼ばれる年齢になった。

その間、近所の人に誘われて、夫婦で地域の催しに参加したこともあった。無理やりに笑顔を作ろうとしたが、上手くいかなかった。健太郎が死んでから笑うことができなくなっていたのだ。

その催しで知り合った和三郎は事情を聞いて、夫婦のことを心配してくれたが、どうにもならなかった。

進一と美穂の心の中にあったのは、愛する息子を失った悲しみだけではなかったからだ。後悔と罪悪感に苛まれていた。

ずっと手をつないでいればよかった。

自分たちのせいだ。

健太郎を死なせてしまった。

我が子を殺してしまった。

進一と美穂は、仏壇に手を合わせる。そこには、健太郎の写真が置いてある。時が流れて色あせているが、ずっと三歳のままだ。

「すまなかった」

「ごめんね」

二人は写真に向かって頭を下げた。涙を流して謝っても、返事はない。健太郎は、写真の中で無邪気に笑っていた。

さらに数年が経った。

美穂が死んだ。

「健太郎のところに行ったんだな」

進一は、写真の増えた仏壇に向かって呟いた。すると、返事があった。

「行っていませんよ」

妻の声だった。すぐそばから聞こえた。視線を向けると、鯖柄の猫がいた。進一の隣に静かに座っている。

「猫がしゃべった？……まさか」

自分の言葉を自分で打ち消したとき、鯖猫が妻に変化した。眩い光を放った後、人間の姿になった。病気で倒れる直前の美穂が、仏間に現れたのだった。

今度は、夢だとは思わなかった。死者が現れたのに、怖くもなかった。進一は問いかけた。

「健太郎のところには行けませんでした」

その返事を聞いても、進一は驚かなかった。心のどこかで、こうなることを予想していたような気がする。

(成仏できるわけがない)

自分も美穂も、健太郎に合わせる顔がないのだから。自分たちの不注意で死なせてしまったのだから。

人は死ぬとあの世にいくものだが、妻は現世から離れることができなかった。

「ここに置いていただけますか?」

「ああ」

進一は頷いた。夫婦の会話はそれだけだった。それ以上、何を話すでもなく、ふたたび猫の姿になった美穂と仏壇に向かった。当たり前のように、死んだ妻と暮らし始めたのだ。

救いも未来もない生活だったが、穏やかな毎日だった。傍目には、独り身の年寄りが猫と暮らしているように見えたことだろう。

その半年後、進一も死んだ。庭先で倒れて、そのまま死んでしまった。遠い親戚が葬式を出してくれたが、家は放置された。買い手が付かなかったのだ。

家族三人で暮らした家は、空家となった。進一も成仏できず、死んだ妻と現世に留まっていた。生きていたころと同じように暮らしていた。くろまるがやって来るまで、家を出ることとさえしなかった。

○

「ずっと、成仏せずにいてもいいと思っているんですニャ」

「ええ。あの家で暮らし続けるのも悪くありませんからニャ」

進一が言い、美穂が相づちを打った。夫婦そろって、猫語になっている。嘘をついているのだ。

かの子は、他人の嘘が分かる。その他人の嘘を指摘して、独りぼっちになった過去がある。傷つき、そして自分の殻に閉じこもり、愛想笑いを顔に貼り付けるようにして生きてきた。

世の中には、言ってはいけないことがある。だけど、言わなければならないことだってある。今回は後者だ。

春日井夫婦は、あまりしゃべらない。もともと無口なのだろうが、かの子には、ふたりが自分の殻に閉じこもっているように見えた。本音を隠して暮らしている。進一と美穂の居場所は、あの家ではないと分かっているのに。

「おふたりとも嘘をついています」

かの子は指摘した。春日井夫婦を救いたいと思ったのだ。いや、かの子が救いたいのは、このふたりだけではない。

「成仏しなくていいなんて思っていないはずです」

そう続けた。明白だった。進一と美穂の様子を見ていれば分かる。嘘が猫語に聞こえる能力がなくても分かっただろう。

どうか大妖(おおあやかし)さまのお力で、あの世に送ってくださいませ。

美穂は、くろまるにそう頼んだという。

本気で成仏しなくていいと思っているのなら、そんな台詞(せりふ)は言わないだろうし、かのこ庵に来ることもないだろう。

黙っていられなかった理由は、他にもある。もうひとりの死者——健太郎の存在だった。

結婚もしていない自分には、親の気持ちは分からない。しかし、子どもの気持ちは分かる。親と離ればなれになった子どもの気持ちは分かる。絶対に分かる。

「でも、合わせる顔が——」

美穂は、なおも躊躇(ためら)っている。我が子を死なせてしまった、という思いから逃れられずにいるのだ。

「顔なんて、どうでもいいですわ」

口を挟んだのは、しぐれだった。かの子の言いたいことを言ってくれた。この娘にも、健太郎の気持ちが分かるのだろう。しぐれもまた、親と離ればなれになった子どもだった。

「あの世で一緒に暮らせるのなら、暮らしたほうがいいに決まっていますわ」

いつものように生意気な口調だったが、親のために成仏せずにいるしぐれの言葉は、かの子の胸に突き刺さった。いつか、しぐれも幸せになって欲しい。今以上に幸せになって欲しい。そう願わずにはいられなかった。

しかし、進一と美穂は頷かなかった。

「そんな資格はないんです」

「そうです。あの子は私たちのせいで――」

最後まで言うことはできなかった。遮るように声が聞こえたのだった。その声を発したのは、かの子でもしぐれでも、くろまるでも朔でもない。この場にいる誰でもなかった。生まれて初めて聞く声だった。

ぼくは幸せだったよ。

今だって幸せだよ。

お父さんとお母さんが、こんなにも思っていてくれるから。

ぼくのことをおぼえていてくれるんだから。

それは、あの世からの声だった。神社の境内のほうから聞こえてきた。視線を向けても、真っ暗なままで景色は見えない。あるはずの社や鎮守の森さえ見えなかった。

だが、目を凝らすと、ポツンと小さな灯り(あかり)が点(とも)っていた。季節外れの蛍のような光は、心細げに揺れながら闇の中で止まっている。こっちを見ている気がした。誰かを待っているように見えた。

「我が見た光でございます!」

くろまるが大声を上げた。

「光?」

「春日井どののご自宅で、これと同じ光を見ましたぞ!」

その光に誘われるように庭に入っていき、春日井夫婦と出会ったというのだ。くろまるは深く考えず、進一か美穂が光ったと思っていたようだが、その正体は別の何かだった。

「言わずとも、誰なのか分かるだろう」

朔が呟(つぶや)いたときには、進一と美穂は立ち上がっていた。そして、小さな光に向かって問いかける。

「健太郎? 健太郎なのか?」

「そこにいるの？」

返事があった。

うん。そうだよ。

子どもの声だった。三歳にしてはしっかりしているが、健太郎は死者なのだ。生者とは違う時間の流れの中にいる。

御堂神社は特別な場所だ。妖や幽霊が、自分の思いを告げるために不思議な力を発揮できるようになることがあった。レナのときもそうだった。

悲しいほど大人びた子どもの声が、ふたたび話し始めた。

お父さんとお母さんを迎えに来たんだ。

いつまで待っても来てくれないんだもん。

それとも、来てくれないの？

ぼくと一緒に暮らしてくれないの？

進一と美穂に向けての言葉だ。問いかけた言葉は震えていて、両親と一緒に暮らしたいという子どもの思いがにじみ出ていた。独りぼっちで心細い思いをしていたのだろう。

両親と二度と会えないと思っていたのかもしれない。

かの子が気づいたのだから、親に伝わらないわけがない。ふいに、しぐれの言葉が脳裏で繰り返された。

——顔なんて、どうでもいいですわ。

その言葉は正しかった。合わせる顔など、なくたっていい。一緒に暮らしたいという気持ちがすべてなのだから。

堪えきれなくなったのだろう。美穂と進一が涙を流しながら言った。

「一緒に暮らすわ」

「そうだ。また、家族三人で暮らそう。健太郎、父さんと母さんと一緒に暮らしておくれ」

うん！

健太郎が答えた。その声は弾んでいた。さっき聞いたみたいに大人びてはいなかった。ちゃんと三歳児の声だった。両親と一緒に暮らせると分かって、子どもに戻ることができたのだろう。

——無理に大人にならなくてもいい。

——父と母に甘えることのできる子どものままでいい。

死んでしまった健太郎に言ってやりたかったが、もう、その必要はないだろう。これから、あの世でたくさん甘えることができるのだから。

もう手を離さないから。

ずっとずっと健太郎の手を握っているから。

進一と美穂が言ったが、その声は遠く聞こえた。この世から消えようとしているせいなのかもしれない。

「まっすぐ行けば、健太郎に会えるはずだ」

朔の言葉が、この世界を少しだけ変えた。真っ暗だった景色の中に、白玉砂利が現れた。それは月の光のように輝き、一本の道を作った。そうして老夫婦の行く先をほのかに照らしていた。

「ありがとうございます」

「この恩は忘れません」

進一と美穂が頭を下げた。朔は首を横に振った。

「礼を言っている暇があったら、早く子どものところに行ってやれ」

朔もまた、両親と離れて暮らしていた。

「は……はい」

老夫婦は頷(うなず)いてから、今度は、かの子を見た。

「あなたのおかげで息子のところに行けます」

進一と美穂が、深々と頭を下げた。朔と同じ台詞(せりふ)を言いたかったが、言えなかった。泣いてしまい、話すことができなかった。

「それでは、失礼いたします」

老夫婦が歩き始めた。そして、何歩も進まないうちに消えた。暗闇に溶けたのではない。健太郎と同じ姿――小さな光になったのだった。その光は進んでいく。ゆっくりと、だが立ち止まることなく進んでいく。

やがて進一と美穂だった二つの光が、神社の果てで待っていた小さな光に辿(たど)り着いた。泣いている声が聞こえた。だけど、その声はよろこんでいた。ふたたび出会う日をずっと待っていたのだろう。

三つの光が寄り添うように近づき、一塊(ひとかたまり)になった。そのまま離れることなく、夜空に昇り始めた。

すると真っ暗だった空間に神社が現れ、鎮守の森が帰ってきた。景色がもとに戻ったが、しぐれは夜空を見上げたままだった。もう光は見えなくなっているのに、じっと見つめている。それから、ポツリと呟いた。

「子が親を恨むはずがありませんわ」

「そうだな」

返事をしたのは、朔だった。

○

その後、客は来なかった。蓬萊山は和三郎の差し入れなので、客に食べてもらえたのは、しのぶ饅頭だけということになる。

「………」

かの子は、そっとため息をついた。和三郎の作った蓬萊山を味わって、自分の力不足を痛感したのだ。もっと精進しなければならない。一人前の和菓子職人への道は遠かった。

とりあえず暖簾を片付け、神社に帰ることになった。その道すがら、いつもは無口な朔が、くろまるに話しかけた。

「まだ資格がないと思っているのか？」

唐突に聞いたのだった。何の話なのか、かの子には分からない。くろまるは返事をしなかったが、聞き返すこともしない。ただ、何を問われているのか分かっているようだ。

朔は返事を催促せず、新たな質問をした。

「組紐を返してやろうか？」

ますます分からない。朔は髪の毛を組紐で結んでいるが、くろまるのものだったのだろうか？

くろまるは、やっぱり返事をしなかった。深川の夜空を見ながら、御堂神社へ続く道を歩いていた。

マカロン

アーモンド、卵白、砂糖でつくった半球形の小形の焼き菓子で、クッキーの仲間。英語ではマカルーン macaroon という。起源ははっきりしていないが、イタリアで考案され、フランスに渡ってつくられるようになったもので、17世紀ごろにはすでに広くつくられていたようである。泡立てた卵白に、粉末アーモンドと砂糖をあわせてよく混ぜ、絞り出し袋に入れて直径3～4センチメートルの半球形に絞り出し、オーブンで焼き上げる。2個をあわせて鈴形に仕上げることが多い。アーモンドのかわりにピーナッツを用いる場合もある。

日本大百科全書（ニッポニカ）

竹本新は、優秀な人間だ。

勉強でも運動でも苦労したことがなかった。人望もあり、学校に通っていたころはクラス委員や生徒会の役員を務めていた。バレンタインデーには、他校の生徒からもチョコレートをもらった。

普通なら調子に乗るところだが、新は自分の有能さを鼻にかけたことがなかったつもりだ。ずっと謙虚に生きてきた。

もともとの性格もあるだろうが、こうなったのには二つの理由があった。

一つ目は、偉大な父親を持ってしまったこと。新がどんなに優秀でも、竹本和三郎の前では不肖の息子だ。どこに行っても、和三郎の名前が先に出る。

そして、もう一つは生まれたときの事情だ。新の母は病弱だった。ずっと心臓が弱かったという。

それなのに無理をして新を産み、この世から消えてしまった。新を抱くことなく死んでしまったのだった。

——自分のせいで母が死んでしまった。

——新を産まなければ、今も母は生きていた。

——母の命と引き換えに、この世に生まれてきた。

その事実は重かった。重すぎた。周囲の大人たちに言われた言葉も忘れられない。

「お母さんの分まで生きなさい」

人によって言い方はいろいろだったが、つまりは、母と自分の二人分の人生を送れというのだ。そんな真似ができるはずがないのに。一人分の人生さえ全うできるか分からないのに。

眠れない夜には、胸が苦しくなった。どうしようもなく辛かった。泣いてしまい、枕に顔を押し付けて嗚咽を抑えたこともある。

(おれのことなんか、産まなければよかったんだ)

今までの人生で何度もそう思った。三十歳になろうという現在でも、ときどきそう思うことがある。

だけど、母の子どもとして、この世に生まれてきたことは嫌ではなかった。もう母はいないのに——会った記憶さえないのに、新は母のことが好きだった。本当に、本当に大好きだった。

顔もちゃんと知っている。アルバムを開くと、母の写真が貼ってあるからだ。何枚もあった。店に出ているときの写真が多かった。そして、どの顔も笑っていた。父と一緒に写っている写真も多く、常連客が撮ったのかと思ったが、そうではなかった。

「玄さんのしわざだよ」と父が教えてくれた。

杏崎玄。

かの子の祖父にして、父・和三郎の兄弟子だ。三十年以上も昔、竹本和菓子店を始めたばかりのころ、手伝いに来てくれたことがあったという。母とも仲がよかったようだ。

「母さんは、玄さんの作る和菓子が大好きだったんだよ。世界で二番目に好きな和菓子だと言っていたな」

父は惚気る。一番目は聞くまでもない。店を手伝っているときの母の笑顔を見れば分かる。父と一緒にいるときの写真を見れば分かる。母のことを話すときの父の声を聞けば分かる。

写真を見ているうちに、母の声が聞こえてくるときがある。しゃべるはずのない写真の中の母が、父に話しかけていた。

あなたの作った和菓子が大好きなの。

子どもが生まれたら、三人で食べたいわ。

今まで以上に美味しいと思うはずだから。

きっと、きっと、すごく美味しいと思うはずだから。

母が妊娠したときに撮った写真から聞こえた声だ。もちろん新の幻聴だろうが、母がそう願っていたことも事実のように思える。

しかし、その思いは叶わなかった。人生は残酷で、ささやかな願いすら聞き届けてくれない。母は、我が子を抱くことさえできなかった。

どうして母が死んだのかを知ったのは、新が小学校四年生のときのことだ。ある日、父が何もかもを教えてくれた。自分のせいで母が死んでしまったことを知った。

新は、泣きじゃくった。布団から起き上がることができないほどのショックを受けた。周囲の大人たちから「お母さんの分まで生きなさい」と言われたのも、このころのことだ。

学校にさえ行けなくなって、自分の部屋に閉じこもっていた。食事もほとんど取れなくなっていた。そのとき、言葉をかけてくれたのが、かの子の祖父の玄だった。父が頼んだのだろう。

玄はノックもせず部屋に入ると、まだ子どもだった新に語りかけた。

母親を失って、子どもは初めて一人前になるって話がある。
だが、それは親の死が糧になるって意味じゃねえ。
一人前になったふりをして、あの世のおっかさんを安心させてやれって意味だ。
一人前になれなくたって、一人前のふりはできるだろ？

「ふりをしたって、しょうがないよ」

そんな言葉を返した。布団から顔も出さずに言ったことをおぼえている。ふてくされていたと思う。すると、玄はこんな台詞（せりふ）を言った。

「ふりを馬鹿にしちゃ駄目だ。背伸びをしているうちに、本当に背丈が伸びることだってあるんだぜ」

眩しいくらい、まっすぐな言葉だった。頬を打たれたような気持ちになって布団から顔を出すと、玄のドヤ顔があった。

「いい言葉だろ？　城山三郎って作家先生のパクりだ。ちょいと賢いふりをしてみた」

新は噴き出した。つい数分前まで泣いていたのに、死んでしまいたいと思っていたのに、笑ってしまった。そして、一人前のふりをしよう、背伸びをして生きていこうと決めた。

後に知ったことだが、城山三郎は勲章を断ったことがあり、詩集『支店長の曲り角』でこんな言葉を残している。

読者とおまえと子供たち、それこそおれの勲章だ。それ以上のもの、おれには要らんのだ。

その言葉も胸に刻んだ。

時は流れて、新は和菓子職人になった。「新の作る和菓子が、世界で一番美味しいわ」と母に言ってもらいたいのかもしれない。

まだ一人前になっていないけれど、どうにか一人前のふりをできるようになってきた。

ときどき、和菓子職人の勲章とはなんだろうかと考えることがあるが、その答えは見つかっていない。

◯

和菓子職人として背伸びするのに慣れ始めたころ、かの子の祖父が他界した。身体の調子が悪いことは知っていたが、死ぬとは思わなかった。ずっと入院していて、新も何度かお見舞いに行った。

「人間なんて儚いものだ……」

訃報を聞いたとき、父はそう呟いた。がっくり肩を落としていた。その姿は、ひどく年老いて見えた。

玄の葬式に行った帰り道のことだった。突然、父が隠居すると言い出した。店を新に任せ、秩父に引っ込むというのだ。

「『老後は、母さんの故郷で暮らそう』って約束していたんだよ」

その話は聞いていた。埼玉県秩父市は、母の生まれた町でもあった。そこで夫婦二人だけの小さな店をやるつもりだったらしい。

「でも、この店は……」

新は困った。母との約束を守りたいという父の気持ちは分かるが、客たちは和三郎の和菓子を食べに来るのだ。自分では力不足だった。竹本和菓子店を潰してしまう——。

そう考えたことが顔に出たのだろう。父が叱るように言った。

「自信を持て。おまえは、優秀な和菓子職人だ。最初は苦労するだろうが、すぐに壁を越えられる」

このとき、分かった。父が隠居するのは母との約束だからというだけではない。いつまでも親離れできない新を突き放すためだ、と。

父は——竹本和三郎は偉大だ。年老いてなお存在感がある。そばにいれば、きっと自分は父を頼ってしまう。客たちも、和三郎の店だと思い続けるだろう。

「分かりました」

新は頷いた。ただ、やっぱり自信を持つことは難しい。人間国宝級の和菓子職人である父の代わりを務める自信などあろうはずがない。不安で押しつぶされそうになった。店を潰してしまうかもしれない恐怖に顔が引き攣った。

「心配するな。上手くいくように、ちゃんと考えてある」

父が笑みを浮かべた。いたずらっぽい笑みだった。嫌な予感がした。新は、さっきとは別の意味で不安になった。穏やかで尊敬できる父だが、ときどき、とんでもないことを言い出す癖があった。そして、こんなふうに笑うのは、とんでもないことを思いついた時だった。

その笑みを浮かべたまま、父が続けた。

「隠居する前の最後の仕事として、人を雇おうと思う」

「人？　職人を増やすんですか？」

「そうだ」

「なるほど」

　新は肩透かしを食らった気持ちで頷いた。とんでもないことを言い出すと身構えていたのだが、父の口から飛び出したのは、まっとうなものだった。和三郎が隠居するのだから、新しい職人を雇うのは理に適っている。人手を考えても代わりが必要だ。

「募集広告を出すんですか？」

「いや、心当たりがある」

　誰を雇うかを決めているようだ。父は顔が広く、腕のいい職人をたくさん知っている。竹本和菓子店で働きたがっている者も多いと聞いている。

　父が誰を選んだのか想像もつかなかった。ただ、竹本和三郎の代わりなのだから、ベテランの職人だろうとは思った。

「どなたでしょうか？」

「かの子ちゃんだよ」

「は？　かの子ちゃん？」

「おや、知らなかったかい？　かの子ちゃんは、玄さんのお孫さんだよ」

　和三郎は答えたが、その返事は意外だった。杏崎玄に孫がいることは知っていた。見舞いに行ったときにも見かけたし、葬式でも挨拶をした。女性だった。それはいいのだが、ベテランの和菓子職人という感じではなかった。

「お孫さんは、まだお若いように見えましたが……」

「今年、専門学校を出るそうだ」

ベテランどころか、ほぼ素人である。新は困惑した。専門学校出たての新人を、竹本和三郎の代わりに入れる？

「玄さんに頼まれてな」

その一言で事情は分かった。杏崎玄は死を覚悟し、孫娘の行き先を弟弟子に託したのだ。新も、玄には世話になった。玄がいなかったら、母の死因を知ったショックから立ち直れなかっただろう。

だが雇うとなると、気になる点もあった。

「父さんがいなくなるのに、雇ってしまっていいのですか？」

「何か問題があるか？」

反対に聞かれた。問題しかないように思えたので、新は指摘する。

「そりゃあ、あるでしょう。玄さんは、名人である竹本和三郎に孫を託したんだと思いますよ」

誰が聞いても、そう思うだろう。当たり前のことを言ったつもりだったが、父は頷かなかった。

「玄さんは、そんな狭い料簡の人じゃないよ」

杏崎玄がまだ生きているかのような言い方だった。料簡という言葉を使っていいかは分からないが、確かに、細かいことを言うタイプではなかった。懐が深いというか、大雑把というか、万事において適当というか。

いずれにせよ死んでしまった人間の考えることは分からない。その点を棚上げにして、新は問いを重ねた。

「腕はいいんですか？」

「さあ」

「さあって……」

「知らないんだよ。かの子ちゃんが作った和菓子を見たこともないからねえ」

父の返事も大雑把だった。やっぱり嫌な予感がする。反対したほうがいい気がしてきた。玄には世話になったが、店を潰すわけにはいかない。

そう思っていると、父が続けた。

「でも、この店のプラスになるのは間違いない。私が太鼓判を押すよ。おまえも気に入るはずだ」

その顔から笑みは消えていた。名人・竹本和三郎の顔になっていた。新は、反対の言葉を呑み込んだ。

こうして、杏崎かの子を雇うことになった。新は、父の見立ては間違っていなかったと知ることになる。

(そういうことか)

専門学校を出たばかりで腕は未熟だったが、できあがった和菓子には、光るものがあった。

ただ、問題もある。何を聞かなくとも、伝わってくるものがあったのだ。

祖父のような和菓子職人にならなければならない。

祖父の味を再現したい。

そんな思いに縛られていた。だからだろうか。かの子の作る和菓子は、どこか、ぼんやりとした味になってしまう。味に芯がないのだ。

(自分にそっくりだ)

新は、気づいた。自分もまた、竹本和三郎の和菓子に縛られていた。父と同じように作らなければならないと思い込んでいた。

(それは間違いだ)

店のトップに立って、初めて分かったことだ。和菓子に正解はない。新しい食材や流行のデザインを取り入れつつ、発達してきたのが和菓子なのだ。先人に敬意を払うことは必要だが、縛られるべきではない。時代が変われば、人々の嗜好も変わる。変わっていくことが伝統なのだ。

職人になったばかりのころ、新の作る和菓子は評判が悪かった。和三郎にも言われた。

「おまえは、和菓子を作ることが目的になっているよ」

そのときは、意味が分からなかった。和菓子職人なのだから、和菓子を作ることが目的になるのは当然だと思った。

だけど、今なら理解できる。食べる人間にとって、和菓子かどうかは些細なことにすぎないのだ、と。

例えば、カステラが和菓子なのか洋菓子なのかは論争がある。だが、ほとんどの客はそんなことを気にしない。美味しいカステラを食べたくて買いに来ているだけだ。和菓子かどうかよりも、カステラを食べて「美味しい」と言ってもらうことが大切なのだ。

それから、もう一つ、もっと大切なことがある。誰に「美味しい」と言って欲しいと思いながら和菓子を作るか——。

客のことを思うのは当然だが、一人一人の顔は見えない。不特定多数がやって来る店で、客のことを思い浮かべるのは不可能だ。

父は母のことを考えながら和菓子を作っていた。本人に聞いたわけではないけれど、間違いないと思う。和菓子を作るときのやさしい顔を見れば分かる。母の写真を見るときと同じ目をしていた。

それに気づいたのは、新自身にも変化があったからだ。いつのころからだっただろうか。かの子のことを思いながら和菓子を作るようになっていた。

この世界は儚(はかな)くて、時に無情だ。たくさんの負の感情に満ちている。よろこびよりも悲しみや苦しみが多く、心の底から笑えるような出来事は滅多にない。テレビをつけてもネットを見ても、顔をしかめたくなるようなニュースばかりが目に飛び込んでくる。

でも、彼女を見ていると、あたたかな感情が満ちてくる。理屈ではなく、やさしい気持ちになる。ずっと一緒にいたいと思う。

しかし、それは新の片思いだった。

新のことなど、かの子の目には映っていない。

そして、かの子はいつも苦しそうだった。家族を失い、寂しそうだった。和菓子職人としても壁にぶつかっていた。

(自分では力になれない)

そう思ったときがあった。先のことを考えられなくなるのも恋なら、相手の行く末を思うのも恋だった。新は、かの子の将来を思った。

人生に二度目はない。やり直しが利かないのが人生だ。だから、きっと、後悔しない人生などないのだろう。どう生きようと、何をやろうと後悔する。

それでも言わなければならないと思った。後悔すると分かっていながら、新は、かの子に言った。

「店を辞めてもらいます」

ただの解雇ではなく、秩父にできる父の店に移ってもらおうと思ったのだ。そのほうが、彼女のプラスになる。環境を変えることで、かの子の孤独や苦しみが少しでも癒えればいいと考えての言葉だった。

だが恋をすると、人は不器用になる。新も例外ではなかった。話す順番を間違えていた。

「それでですね。今後の就職先として——」

和三郎の店のことを切り出そうとした瞬間、かの子に遮られた。

「心配していただかなくても結構です。行くあてくらいあります。お気遣いは無用です」

叩きつけるように言って、店を出ていってしまった。新は、天を仰いだ。そんなつもりはなかったのに怒らせてしまった。

○

生きていくのは大変だ。

かの子は、この世知辛い世の中で職を失った。いや、新のせいで失業した。人生を転落していくきっかけになりかねない。

さがそうにも、かの子は携帯電話を持っていない。両親も他界しており、連絡先さえ分からなかった。

どうすればいいのか分からなくなり、父に電話して相談した。すると、呆れた声が返ってきた。

「話す順番を間違えちゃあ、何もかも台なしじゃないか」

ため息までつかれてしまった。返す言葉もなく黙っていると、父の和三郎が聞いてきた。

「かの子ちゃんが店を飛び出したとき、なぜ、すぐ追いかけなかったんだ？」

怖かったからだ。拒まれるのが怖かった。傷つきたくなかった。そう言いはしなかったが、父には伝わったようだ。

「おまえってやつは、大切なところで意気地なしだね。まったく、私にそっくりだよ」

さっきより大きなため息をつかれてしまった。かの子のことを好きだという気持ちも知られているようだ。

赤面したが、照れている場合ではない。この寒空の下、かの子は店を飛び出していったのだ。

「警察に届けたほうがいいのでしょうか？」

「解雇したら、店から出ていったって言うのかい？　そんなの、相手にしてもらえるわけがないだろう」

父の言うとおりだ。子どもならともかく、かの子は二十歳を超えている。しかも解雇してしまった今となっては、新とは何の関係もないことになる。

「様子を見るしかないだろうね」

「そうですね」

新は頷き、電話を切った。「そうですね」と言ったくせに、いても立ってもいられず、店の外を歩き回った。

そうやって一時間以上もさがしたが、かの子は見つからなかった。新の前から消えてしまった。

○

ふたたび、かの子が現れたのは、二日後のことだった。新が一人で店の準備をしていると、入り口の扉が開いた。

「……おはようございます」

そんな挨拶をして、竹本和菓子店に入ってきた。突然だった。驚いた。かの子がこんなふうに現れるとは思っていなかった。

「おや、これは杏崎さん。ご無沙汰しております。もしや、お忘れ物ですか？」

咄嗟に出た言葉がこれだった。自分でも間の抜けた台詞だったと思う。下手な芝居をしているように、わざとらしい。恥ずかしくなって取り繕うように続けた言葉は、さらにひどかった。

「それとも遊びに来てくださったんですか？」

自分は馬鹿なのだろうか、と思った。恋をすると馬鹿になると言うが、ここまで頭の悪い台詞もあるまい。

かの子は、そんな自分の言葉を無視した。

「カステラを買いに来ました」

凛とした声だった。その声を聞いて、ようやく気づいた。かの子の顔つきが、以前とは違っていることに。

（誰かに恋している）

新は、そう感じた。店にいたときよりも表情が明るかったし、もう遠くを見ていなかった。

かの子と再会できたら、「竹本和菓子店に戻ってきてください」と頼もうと思っていた。そばにいて欲しいと言うつもりだった。

だが、言っても無駄だろう。彼女は自分の居場所を見つけ、そこで暮らしている。新の知らない誰かに恋をしている。

落胆したが、新は表情を変えなかった。――変えなかったつもりだ。普通の客を相手にするように、かの子に接した。見舞いに持っていくカステラを選ぶ相談に乗った。

「どなたかが、ご病気なんですか？」

「はい。入院している知り合いがいるんです」

「知り合い？」

「六歳の女の子です」

ふと同級生だったひとりの少女の顔を思い浮かべた。重い病気でなければいいと願ったが、口には出さず、和菓子職人としてできることをやった。

「そうですか……」

新は頷き、個別包装になっているカステラの詰め合わせを薦めた。新自身の手で作ったカステラだ。

「お大事に、とお伝えください」

心の底からそう言って、いつもしているように丁寧に頭を下げた。

「お買い上げありがとうございました」

○

新の予想した通り、かの子は、竹本和菓子店に戻ってこなかった。だが、いつの間にか父と仲よくなっていて、和菓子教室を手伝ってくれた。彼女のいる日々が戻ってきた。

しかし、それも終わってしまった。そして、かの子は店に顔を出さなくなった。父も秩父に行ってしまう。もう竹本和三郎の和菓子教室が、この店で開催されることはないだろう。

何日かがすぎた。その日、竹本和菓子店の営業を終えて、新は自分の部屋でぼんやりしていた。

テレビやネットを見もせず座っていると、白猫のレナが「みゃあ」と鳴いた。最近、我が家にやって来た猫だ。名前を付けたのは新だが、なぜ、その名前を付けたのかは分からない。かつての同級生の名前が思い浮かんだのだった。

「飼い始めたばかりなのに、ずいぶん新に懐いているな」

父が首を傾げるほど、レナは新と一緒にいたがった。いつもなら遊んでやるところだが、今日は猫の相手をする気になれなかった。

「神社に行ってくる」

そう言って、昨夜、父が風呂敷包みを持って出かけていった。何かを作っていた気配があったので、中身は和菓子だろう。

かの子が御堂神社で暮らしていることは、和菓子教室の折に聞いていた。かの子に会いに行ったのだろうということくらいは予想できた。

それでも、夜に出かけるような父ではなかったから、こんな時刻に何の用事があるのだろうかと不思議に思っていると、三十分もしないうちに帰ってきた。そして、新の顔を見るなり呟くように言った。

「あそこが、かの子ちゃんの居場所か……」

しみじみとした口調だった。父は多くを語らなかった。ただ、新の肩をポンと叩き、励ますようにこう言った。

「がんばらないとな」

そして、自分の部屋に行ってしまった。その言葉を聞いて、かの子がカステラを買いに来たときに思ったことが浮かんだ。

彼女は自分の居場所を見つけ、そこで暮らしている。

新の知らない誰かに恋をしている。

妄想ではなかったようだ。父は、かの子の思い人に会ってきたのだろう。新は、自分の恋が終わろうとしていることを知った。

○

「みゃあ」

レナが、また鳴いた。新の顔をじっと見つめている。なぜだか分からないが、ふいに、少し前に見た夢――かつての同級生に告白された夢を思い出した。新は、その告白を受け入れなかった。

「すみません。私には、好きな女性がいます」

そう返事をしながら思い浮かべていたのは、かの子の顔だった。すると、少女は美しい瞳(ひとみ)から涙を流した。

でも、取り乱しはしなかった。泣きながら笑みを浮かべ、新に言ったのだった。

好きな人がいるって幸せだよね。

私、幸せだった。

本当に幸せだった。

ありがとう、新くん。

その言葉は、忘れられない。夢の中の言葉なのに、はっきりとおぼえていた。自分も幸せなのだと思うと、何もせずにいることができなくなる。

このまま落ち込んでいたら、ぼんやりしていたら、死んでしまった母や白石レナに馬鹿にされる。

「みゃあ」

レナがふたたび鳴いた。物言いたげに新を見ている。猫の言葉は分からないが、応援してくれているのかもしれない。

「みゃ？」

白猫が、首を横に振った。嫌々している仕草に見えるのは、もちろん気のせいだろう。

「がんばってみるか」

新は呟き、レナを置いて作業場へ向かった。そして、新しい菓子を作り、父に味を見てもらった。

「これは面白い。私では作れないものだよ。味も悪くない」と褒めてくれた。

「ありがとうございます」

「もう一つ、もらうぞ」

父はそう言って、新の作った和菓子を仏壇に供えた。仏壇には、母の写真が置いてある。新が誰のために菓子を作ったのか分かったようだ。

「おまえの気持ちが伝わるといいな」

仏壇に手を合わせたまま呟いた。新は返事をせず、父の背中と母の写真をしばらく見ていた。

○

夜が明けた。

竹本和菓子店の定休日だった。

和菓子職人の朝は早い。店を開ける前に、その日に売る和菓子を作るからだ。新も、明け方前に起きるのが習慣になっていた。定休日だろうと、それは変わらない。スマホのアラームを設定しておかなくても、いつも同じ時間に目が覚める。

　身支度を整えて作業場に向かった。昨夜作った菓子を、改めて作るつもりだった。昨晩作ったものもまだ残っているが、朝生菓子の要素も入っているので、新しいものを作ったほうがいいだろう。

　ちなみに朝生菓子とは、大福、草餅（くさもち）、桜餅、柏餅（かしわもち）、団子などのことだ。餅を使ったでんぷん質のものは、時間をおくと水分が抜けて硬くなる。毎朝作って、その日のうちに賞味期限が切れるところから、「朝生菓子」と呼ばれている。

　昨日と同じように菓子を作り、それを持って出かけようと玄関に向かった。居間では、父がコーヒーを飲んでいた。隠居しても早起きの習慣は抜けないらしく、すっかり目を覚まして、膝（ひざ）の上にレナを乗せていた。

「おはようございます」

「ああ。おはよう」

　いつもの調子で挨拶（あいさつ）を返してから、新に聞いてきた。

「神社に行くのかい？」

「はい」

　首を縦に振ると、父が真面目な顔で言った。

「行ってこい。骨は拾ってやる」

　新が何をしに行くのか、察しているようだ。その台詞（せりふ）を聞いて、レナが慌てた調子で鳴いた。

「みゃあ！」

そして、新のほうにやって来ようとしたが、父に捕まって抱きかかえられてしまった。

「おまえは、私と留守番だ」

「みゃあっ？」

抗議しているようにも聞こえるが、やっぱり猫の言葉は分からない。ここは都合よく、応援されていると思うことにした。白猫が、新の恋の応援をしてくれていると——。

「行って参ります」

「ああ。行ってらっしゃい。ふたりで応援しているよ」

父はそう言ってレナの前足を軽く持ち、バイバイの仕草をさせた。新は噴き出しそうになった。おかげで緊張が解けた気がする。

「みゃあ……」

レナが、なぜか情けない声で鳴いた。

○

隅田川沿いの道を歩いて、清澄白河駅の裏手を通りすぎた。

朝早いからだろうか、人通りがなかった。自動車やバイクもやって来ない。二十三区内にあるとは思えないほど静かな場所だった。このあたりには、小さな寺や神社が多い。
新が向かっているのは、そんな小さな神社の一つだ。「細い路地に入って、まっすぐに歩くと見えてくる」と父に教えてもらっていた。そのおかげで迷うことなく、目的地に着いた。

こぢんまりとした鳥居があって、狛犬が見えた。鎮守の森があり、木々が茂っている。

「こんな神社があったのか……」

新は呟き、少し上を見た。鳥居に神額が掲げられている。古びてはいたが、書かれている文字を読むことはできた。

御堂神社

この神社に、杏崎かの子がいる。新は、彼女と会うためにやって来た。だが、告白をするためではない。愛していると伝えるよりも、大切なことがあった。和菓子職人として伝えなければならないことだ。

鳥居をくぐり、白玉砂利を踏んで神社に入っていくと、二つの影が見えた。かの子と若い男性だ。この男が、御堂朔だろう。境内に置かれている縁台に並んで座っていた。

かの子の表情を見たとたん、胸が痛んだ。恋する乙女の顔だったからだ。色恋に疎い新にも分かった。御堂朔に恋している、と。

引き返したくなったが、ここで帰っては駄目だ。逃げては駄目だ。新は、無理やりに足を進めた。二人のそばまで歩いた。

かの子は、新に気づかない。

御堂朔との話に夢中になっている。

新は、構わず声をかけた。

「お話し中のところ失礼いたします」

○

何度も言うようだが、かのこ庵は夜だけ営業する和菓子店である。それも一晩中やっているわけではなく、客がいなければ、三時間程度で閉めてしまうことも多い。たっぷり睡眠を取っても、時間は残っている。竹本和菓子店に勤めていたときよりも、のんびりとした生活を送っていた。

一億一千万円もの借金があるのに、これでいいのだろうかと思ったが、「暇な時間は自分のために使うといい」と朔に言われていた。

ありがたい話だが、何をすればいいのか分からず、竹本和三郎の和菓子教室が終わると、やることが思いつかなくなった。結局、神社や境内の掃除をしてすごすことが多かった。

もともと綺麗な場所だが、落ち葉が目立っていた。鎮守の森だけではなく、境内には木々が茂っている。

くろまるとしぐれが掃除をしていたようだが、ほとんどの場合、ふたりは夜にならないと現れない。昼間は、かの子が掃除を担当することにした。

その日も、境内で落ち葉を掃いていた。小さな神社だが、一人で掃除するとなると手間がかかる。掃いても掃いても枯れ葉が落ちてくるのだから当然だ。むきになって竹箒を動かしていると、声をかけられた。

「そんなにがんばらなくていい。少し休んだらどうだ」

いつやって来たのか、美しい鎮守が縁台に座っていた。境内にも、縁台が置いてある。かのこ庵にあるのと同じものだ。参拝者が休めるようにという配慮だろう。この時間は、ちょうど木陰に隠れる位置だった。

朔は日光に弱く、昼間は和日傘を差していることが多いが、このときは差していなかった。木陰があるからだろう。

「一緒にお茶を飲まないか」

そんなふうに誘われた。見ると、縁台には二人分の緑茶が用意されている。朔は、さらに言った。

「今日は、飯も饅頭も抜きだが」

その言葉を聞いて、かの子は笑い出しそうになった。ここで働くようになる直前に、朔に饅頭茶漬けを作ってもらったことを、また思い出したからだ。

美味しかった。

本当に美味しかった。

朔には「嘘をつけ」と言われたが、嘘ではない。昔、祖父が作ってくれた饅頭茶漬けと同じくらい美味しかった。

かの子は縁台に腰を下ろし、お茶を手に取った。そして、隣に座っている朔に返事をした。

「いただきます」

「どうぞ」

会話は、それだけで終わった。朔は無口だし、かの子も口数の多いほうではない。竹本和菓子店に勤めていたときも、同僚とそれほど話さなかった。自分から誰かと話したいと思ったことがなかった。

だけど、今は違う。彼に伝えたい言葉があった。朔に聞いて欲しい自分の気持ちがあった。

これまで、自分の気持ちを押し殺して生きてきた。他人の嘘が分かることで傷つき、周囲に壁を作っていた。自分の殻に閉じこもって生きていた。話し相手は、家族だけだった。

それなのに、両親が死に、やさしかった祖父もあの世に行ってしまった。かの子は、独りぼっちになった。寂しかった。自分を分かってくれる人が、もう、この世に一人もいないと思うと、悲しかった。

でも、ここにいると――朔の近くにいると寂しくない。悲しくない。独りぼっちじゃないと思える。

朔のことが好きだ。だけど、その気持ちを伝えることはできない。一億円を超える借金があるのだから当然だ。

言わなければならない言葉が頭に浮かんだ。

「あの……。私――」

かの子が言いかけたとき、男の声が割り込んできた。

「お話し中のところ失礼いたします」

銀行員のような言葉遣いと話し方だった。かの子は、この声の主を知っている。視線を向けると、竹本新が御堂神社の境内に立っていた。

「ええっ？」

心の底から驚いた。新が、御堂神社に現れるとは思っていなかったのだ。もっと正直に言うと、存在そのものをすっかり忘れていた。和菓子教室が終わった今、自分とはもう完全に関係のない人間だと思っていた。いったい、何をしに来たのだろうか？

○

「はじめまして。竹本和菓子店の竹本新と申します」

新が、挨拶を始めた。その言葉を受けて、朔が立ち上がり丁寧に頭を下げた。

「御堂朔です」

そして、二人の男は立ったまま口を閉じた。朔は座らないし、新に席をすすめもしない。ただ黙っている。相手の顔を見たまま黙っている。

沈黙が流れた。

どことなく重い沈黙だ。

二人の男の視線が、ぶつかり合っているようにも見えた。

（この状況はいったい……）

かの子には、分からない。口を挟みにくい雰囲気なので一緒に黙っていると、ふいに新が風呂敷包みを差し出してきた。

「お土産を持ってきました。私が作りました」

「お土産……？」

いっそう意味が分からない。断るのもおかしな感じになりそうなので、「ありがとうございます」と受け取った。それから、聞いてみた。

「これは何でしょうか？」

持った感じで菓子箱だと分かったが、さすがに中身までは分からない。和菓子だということは想像できたけれど。

「開けてみてください」

ここで開けるのかと思ったが、新が促すように見ている。

「それじゃあ……」

新が何をしたいのか分からないまま、かの子は風呂敷包みを解き、さらに菓子箱を開けた。中身を見た瞬間、言葉が飛び出した。

「綺麗」

入っていたのは、色とりどりのマカロンだった。箱の中に、三色六個入りのマカロンが並んでいた。

マカロンについては、わざわざ説明するまでもないくらい日本に定着しているが、念のために解説すると、卵白・粉末アーモンド・砂糖で作る小さな半球形の洋風焼き菓子のことだ。ジャムやクリームなどを二枚の生地に挟んで食べるのが一般的だろうか。洋菓子に分類されると思うが、老舗の和菓子屋でも和風にアレンジしたマカロンが売られている。「和カロン」という言葉があるくらいだ。

インスタ映えすることからSNSでも人気が高いようだが、かの子はあまり好きではなかった。

和菓子の甘さは、干し柿をもって最上とする。

古来、そんな教えがある。干し柿よりも甘くしてしまうと、和菓子の風味が損なわれるという意味だ。

今までかの子が食べたことのあるマカロンは、その観点からすると甘すぎた。洋菓子なのだから当然なのかもしれないけれど、砂糖の味が強すぎる。また、和菓子は目で楽しむものでもあるが、マカロンの色合いは鮮やかすぎるように思えた。毒々しいと思ってしまうことさえあった。

（でも、この色は……）

新の持ってきたマカロンはカラフルだが、目にやさしい色合いをしていて、毒々しい印象はなかった。「綺麗」と呟いたのは、お世辞ではなかった。かの子の好みの色だった。

——薄紅色、淡い緑色、品のある茶色。

マカロンには詳しくないが、この色合いには覚えがあった。真面目な新のことだから、合成着色料を使ったのではあるまい。薄紅色の正体は分からないけれど、緑色と茶色は、たぶん、あれだ。お馴染みのあれを使っている。

そのことを口にするより早く、新が言葉を付け加えた。

「父も認めた竹本和菓子店の新商品です」

竹本和三郎が認めたマカロン。和菓子職人のほとんど全員が、その言葉を無視できないはずだ。

「味を見ていただけますか？」

愚問であった。こんなふうに紹介されて、しかも実物を見せられて食べずにいられるはずがない。

「ありがとうございます。よろこんでいただきます」

かの子が答えると、新がほっとした顔になった。そして、ふたたび朔に言葉をかける。

「よろしかったら、御堂さんもお召し上がりください」

首を捻り（ひね）そうになった。言葉遣いは丁寧だが、どことなく挑発的な口調だったからだ。ライバル視しているように感じた。新は、もしかして朔を和菓子職人だと勘違いしているのだろうか？

（あり得る）

竹本和菓子店に勤めているときにも気づいたことだが、新はしっかりしているように見えて、ぼんやりしていることがあった。

そう感じたのは、かの子だけではなかった。女性従業員の間で、新が誰かに恋煩いしているのではないかと噂が立ったほどだ。興味がなかったので、深くは聞かなかったが。

それはともかく、朔は和菓子職人ではない、と訂正したほうがいいだろうか。そんなことを思った瞬間、朔が返事をした。

「お言葉に甘えて」とマカロンを手に取った。選んだのは、淡い緑色のマカロンだった。

「杏崎さんもどうぞ」

また、すすめられた。

「いただきます」

薄紅色のマカロンを選び、さっそく食べてみる。噛んだ瞬間、サクッと軽い音がした。最高の歯触りだ。そして、味も最高だった。

「これって梅ですか？」

生地からも、クリームからも梅の味がした。酸味のある甘さが、サクサクの生地と一緒に舌の上でとろけた。

「ええ。梅びしおを使いました」

新が教えてくれた。梅びしおとは、塩抜きした梅干しをすりつぶして砂糖や味醂などと練り合わせたものだ。いわば、梅ジャムである。

和菓子に梅ジャムを使うのは珍しいことではない。梅びしおを使ったマカロンも、きっと、どこかの店で売っているだろう。

それでも、やっぱり新しい味だ。絶品と言っていい一品だった。とにかく味のバランスが取れている。梅びしおの酸味のある甘みが、洋菓子であるマカロン生地とこんなに合うとは思わなかった。

しかも、新の工夫はまだあった。

「餅を入れたんですね」

「はい。だから、このマカロンは朝生菓子なんです」

新はそんなふうに言った。

「朝生菓子……」

かの子は、その言葉を繰り返した。マカロンなのに、朝生菓子。不思議な感じがするが、違和感はなかった。新の和菓子職人としての腕だろう。

もう一口、薄紅色のマカロンを食べた。梅びしおで包むように、小さな餅が挟んである。餅の素朴な甘さと弾力のある食感が、絶妙なアクセントになっていた。

(美味しい……)

しみじみとそう思った。マカロンでありながら、ちゃんと和菓子だ。竹本和三郎の認めた和菓子だ。すると、他の二つ——緑色と茶色のマカロンも気になる。

淡い緑色のマカロンを選んだ朔を見ると、ちょうど食べ終えたところだった。お茶を飲みながら感想を言った。

「こっちは抹茶だ。ほろ苦い風味が、甘いマカロンとよく合っている。ほんの少しだけ、オリゴ糖を加えてある」

「よく分かりましたね」

新が驚いている。朔が絶対味覚の持ち主だと知らないのだから、びっくりするのは当然だ。

「オリゴ糖だけで作ったのならともかく、砂糖にオリゴ糖を加えただけなのに、その味が分かるとは……」

これで、ますます朔を和菓子職人だと勘違いしてしまいそうだ。誤解を解いておこうかと思ったが、かの子が口を開くより早く、新が気を取り直したように説明を始めた。

「オリゴ糖は、ビフィズス菌を増やして、腸の働きを活発にするそうです。また、カロリーも砂糖より低く、血糖値や中性脂肪値を上昇させにくいという利点があります。今回は砂糖に加えただけですが、いずれオリゴ糖だけの和菓子を作ろうと思っています。健康に配慮が必要なお客さまも多いですから」

オリゴ糖は甘みが弱く、砂糖よりも扱いにくい。コストも高くなる。しかし、食べる人間のことを考えるなら、新のように工夫していくべきだろう。味も大切だが、健康を犠牲にしていいという話にはならない。実際に、オリゴ糖を使った和菓子を売り出している店もある。

「茶色は、ほうじ茶のマカロンです。煎りたてのお茶の香ばしい風味を楽しめるはずです」

新が、最後の一つを紹介した。こちらも食べたい。手が伸びそうになったとき、とんでもないことを言い出した。

「この箱には、六種類のマカロンを入れました」

「六種類？」

梅、抹茶、ほうじ茶の三種類ではないのか？　そう問いかけると、新が秘密を教えてくれた。

「味は三種類ですが、餅入りと求肥入りがあるんです」

求肥とは、白玉粉を蒸して、白砂糖と水飴を加えて練り固めたもののことだ。白く半透明で、弾力がある。あんみつに載っている短冊状の餅のような菓子を思い浮かべると分かりやすいだろう。餅と比べて、時間が経っても固くならないという特徴を持つ生地だ。

どれもこれも食べたかった。売り出されたら買いに行こうと思っていると、新がさらに言った。

「柚子マカロンや桃マカロン、栗マカロンなども作る予定です」

そんなの、絶対に売れるに決まっている。

和三郎のころからの古い常連だけではなく、新規客も摑める気がする。いろいろな材料を使えるので、その季節ごとの味わいを楽しむことができる。竹本和菓子店の新たな看板になる予感があった。

だけど、分からないことがあった。なぜ、自分に新作のマカロンを食べさせるのだろうか？

かの子は、もう竹本和菓子店の従業員ではない。和菓子教室も終わってしまったのだから、言ってみれば無関係である。外部の人間に発売前の和菓子を食べさせるのは、どう考えたって普通ではない。

首を傾げていると、新が問いかけてきた。

「杏崎さんにこれが作れますか？」

「……いいえ」

正直に首を横に振った。今のかの子には無理だ。菓子作りの技術もそうだが、発想も新に及ばない。健康にいいと知りながら、オリゴ糖を加えることなど考えもしなかった。

「あなたは半人前です。学ばなければならないことは、たくさんある」

言われるまでもない。その通りだ。半人前なのは、かのこ庵を始めて──一人で和菓子を作るようになって、身に染みて分かったことでもあった。実際、何度も和三郎に助けられている。

反論せずにいると、新が言葉を改めた。

「今日こちらに伺ったのは、復職のお誘いをするためです」

竹本和菓子店に戻ってこないかと言っているのだ。先月、和三郎に誘われたときは断っている。だが。

「アルバイトでも結構です」

新は言葉を重ね、かの子は迷う。自分より技術が上の人間の技や発想を盗み、味を見てもらうことは職人としての成長にもつながる。

和三郎の蓬萊山。

新の和マカロン。

いずれも、今のかの子には絶対に作れないものだ。かのこ庵を任されて、自分の至らなさを痛感していた。一人では、何もできやしない。誰も救えない。新の申し出は、渡りに舟だった。

「でも――」

かの子は、窺うように朔の顔を見た。すると、鎮守が言った。

「竹本和菓子店で働きたければ、好きにすればいい」

その口調は素っ気なく、かの子を突き放すようだった。

○

（また、やってしまった）

朔は自分の言葉を悔いた。こんな言い方しかできない自分に、暗澹たる気持ちになった。

悪気があるわけではない。両親がいなくなってから、笑うことも泣くこともできなくなった。笑おうとしても、顔が言うことを聞かないのだ。表情を変えることはできず、突き放すようなしゃべり方になってしまう。

しかし、だからと言って傷つけていいわけではない。素っ気なくしていいはずがない。

他人を傷つけるのが嫌で、これまで人とかかわらないように生きてきた。御堂神社を訪れる妖や幽霊たちにさえ、心を閉ざしていた時期があった。それどころか、自分の眷属であるくろまるやしぐれとも距離を置いていたころがあった。

陰陽師の子孫として——御堂神社の鎮守の跡取りとして生まれたことを、呪いのように思っていた時期だ。不思議な術を使えるが、朔は人間だ。人間である父と母の子として生まれた。

それなのに、人の社会では生きていけない。妖や幽霊が、朔を放って置いてくれないからだ。

鎮守になんてなりたくなかった。

不思議な力なんて欲しくなかった。

そう思いながら生きていた。悲劇の主人公にでもなったつもりで、ふてくされて暮らしていた。

そんなとき、かの子と出会った。朔が十歳のときだった。少女だったかの子は、三毛猫の姿を借りた妖を慰めていた。

私もね、お父さんとお母さんが死んじゃったの。

交通事故にあったんだ。

それでね、今はおじいちゃんと二人で暮らしているの。

両親を失った傷は癒えていないらしく、かの子は泣いていた。涙をこぼしながら、三毛猫を元気づけようとしていた。

私もがんばるから、がんばって生きていくから。

いつか、また会おうよ。

妖に向けて言ったのだが、朔には、自分への言葉のように感じられた。自分より年下の少女に励まされたのだ。

だから、がんばって生きてきた。少女の言葉を聞いた瞬間から、自分を哀れむことをやめた。鎮守としての役割をまっとうしようと努力した。ふたたび、両親やあの少女に会える日が来ると信じることができた。

実を言うと、そのときは少女の名前を聞かなかった。杏崎かの子という名前を知ったのは、五年前のことだ。かの子の祖父——玄が、神社にやって来た。そして、手を合わせて神頼みを始めた。

玄は、病気にかかっていた。治療することもできない死病だ。病院を抜け出して御堂神社を訪れ、神に縋ろうとしたのだ。

あの子が困っていたら、どうか、力になってやってください。

泣かないように見守ってやってください。

鎮守さまのご加護がありますように。

自分のことは、何一つ願わなかった。おのれの死期が迫っているというのに、かの子の祖父が気にしていたのは孫娘のことばかりだった。少女の行く末を心配し、少女の幸せだけを祈っていた。

朔は、もちろん神ではない。できないことも、たくさんある。だが、老人の願いを聞き届けた。自分にできる全力を尽くした。今では、かの子を大切に思っている。誰よりも大切に思っている。いつの間にか、好きになっていた。いや、かの子と初めて会った十歳のときに、すでに恋に落ちたのだろう。

しかし、朔は鎮守だ。この神社から離れるわけにはいかないし、普通の人間とも違う。妖や幽霊に近い存在だ。

違う世界の住人。

いずれ、かの子とは別れなければならない。好きだと伝える資格はない。

そんな思いが常にあった。だから、かの子を縛り付けるような真似をしてはならない。

彼女には彼女の夢があって、進むべき道があるのだから。

世界から不幸をなくすことはできないけれど、美味しい和菓子を食べると幸せな気持ちになる。自分もくろまるも、しぐれも、かの子に夢を託しているのだと思う。悲しかったり寂しかったりした過去を、幸福な思い出に変える魔法を使ってくれる、と。不可能を可能に変える和菓子店で働きたければ、好きにすればいい」

「竹本和菓子を作ってくれる、と。だが。

悪意はなかったとしても、この言い方はいただけない。自分が傷ついているからと言って、他人を傷つけていいという理屈は成り立たない。

突き放したような発言を謝って、改めて説明しようとしたが、かの子の言葉のほうが早かった。

「違うんです」

「違う？」

「はい」

かの子は頷き、新に目を移してから、自分の気持ちを話し始めた。

「お誘いいただき、ありがとうございます。竹本和菓子店で働かせていただければ、勉強になると思います」

でも、と彼女は続ける。

「今、私にはやることがあります。掛け持ちできるほど器用じゃないんです。申し訳ありませんが、竹本和菓子店に戻ることはできません」

きっぱりと断ったのだった。

かの子が頭を下げると、新は苦笑いを浮かべた。

「そう言われるような気がしていました。確かに、杏崎さんは器用なタイプではないですね」

息を吐いて、独り言のように呟いた。

「今日のところは、家に帰って骨を拾ってもらいます」

そして、礼儀正しく腰を折った。

「それでは失礼いたします」

返事を待たずに歩き出したが、何歩もいかないうちに立ち止まり、朔の顔を見た。何秒かの沈黙の後、強い口調で言った。

「あなたには負けません」

その言葉の意味は明らかだった。

かの子は渡さない。

朔への宣戦布告だ。ずいぶん前から気づいていたが、新もかの子を愛している。この男が御堂神社にやって来たのは、恋のライバルとして名乗りを上げるためだったのだ。

「ええと……。負けないって、朔さんは和菓子職人じゃないですよ」

かの子が、何やら言い出した。完全に勘違いしている。新の発言を和菓子職人としての宣戦布告だと思っているのだ。

○

新が帰っていくと、それを待っていたように、くろまるとしぐれが現れた。

「あそこまで言って伝わらぬとは、不憫でございますな」

いきなり、そんな会話を始めた。昼間は滅多に現れないふたりだが、神社のどこかから一部始終を見ていたようだ。

妖や幽霊は日光が苦手だと相場が決まっているけれども、この御堂神社の敷地内なら、昼間でもある程度は活動できるのかもしれない。それはいいのだが、なぜか新に同情している。

「姫の一言は強烈でございましたな。新どのの眼鏡がずっこけておりましたぞ」

「当然ですわ。わたくしが眼鏡でも、ずっこけますわよ」

そう口々に言いながら、かの子の顔を見てため息をついた。とんでもなく深いため息だった。

（これはいったい……？）

かの子には、分からない。こんな目で見られる理由が分からなかった。自分は、新にだけである。

何か悪いことをしたのだろうか？　朔を和菓子職人だと思っている新の勘違いを正した

首を傾げていると、朔が改めて聞いてきた。

「断ってよかったのか？　おれが言うまでもないが、竹本和菓子店は名店だ。そこで働けるのは、和菓子職人として名誉なことじゃないのか？」

「そうかもしれませんね」

頷きながらも、そうは思っていなかった。名店で働きたいという希望がないわけではない。去年まで働いていたから分かるが、世間からの信用も違う。

だけど、それ以上に、自分が作った和菓子を食べて「美味しい」と笑顔で言ってもらえることが、かの子の望みであり、職人としての勲章だ。人間だけでなく、妖や幽霊にも「美味しい」と言ってもらいたかった。

「竹本新の誘いを断ったことを後悔していないようだな」

「はい」

かの子が答えると、しぐれとくろまるが口を挟んだ。

「あんた、本当に欲がないわね」

「もう少し欲張りになっても罰は当たりませぬぞ」

――そんなことはない。

自分は欲張りだ。たくさんの叶（かな）えたい願いがある。一億一千万円の借金を返したいし、かのこ庵を繁盛させたい。この店を訪れる妖や幽霊によろこんでもらいたいし、しぐれやくろまるに幸せになって欲しい。

そして、朔。

いつの日か、かの子の作った和菓子を食べて笑顔になって欲しかった。そのときには、きっと、自分の気持ちを伝えることができるだろう。

あなたのことが好きです、と朔に打ち明けることができるはずだ。

参考文献

『やさしく作れる本格和菓子』清真知子　世界文化社
『ときめく和菓子図鑑』文・高橋マキ／写真・内藤貞保　山と溪谷社
『季節をつくるわたしの和菓子帳』金塚晴子　東京書籍
『図説 和菓子の歴史』青木直己　ちくま学芸文庫
『事典 和菓子の世界 増補改訂版』中山圭子　岩波書店
『美しい和菓子の図鑑』監修・青木直己　二見書房
『和菓子を愛した人たち』編著・虎屋文庫　山川出版社
『日本のたしなみ帖 和菓子』編著・『現代用語の基礎知識』編集部　自由国民社
『一日一菓』木村宗慎　新潮社
『和菓子のひみつ 楽しみ方・味わい方がわかる本　ニッポンの菓子文化超入門』「江戸楽」編集部　メイツ出版
『花のことば辞典 四季を愉しむ』監修・倉嶋厚／編著・宇田川眞人　講談社学術文庫
『和菓子 ＷＡＧＡＳＨＩ　ジャパノロジー・コレクション』藪光生　角川ソフィア文庫
『図説 江戸料理事典 新装版』松下幸子　柏書房

本書は書き下ろしです。

この作品はフィクションです。実在の人物、団体等とは一切関係ありません。

あやかし和菓子処かのこ庵

マカロンと恋する白猫

高橋由太

令和4年 7月25日　初版発行

発行者●青柳昌行

発行●株式会社KADOKAWA
〒102-8177　東京都千代田区富士見2-13-3
電話　0570-002-301(ナビダイヤル)

角川文庫 23262

印刷所●株式会社暁印刷
製本所●本間製本株式会社

表紙画●和田三造

●お問い合わせ
https://www.kadokawa.co.jp/（「お問い合わせ」へお進みください）
※内容によっては、お答えできない場合があります。
※サポートは日本国内のみとさせていただきます。
※Japanese text only

ISBN 978-4-04-112647-9　C0193

◇◇◇

角川文庫発刊に際して

角川源義

第二次世界大戦の敗北は、軍事力の敗北であった以上に、私たちの若い文化力の敗退であった。私たちの文化が戦争に対して如何に無力であり、単なるあだ花に過ぎなかったかを、私たちは身を以て体験し痛感した。西洋近代文化の摂取にとって、明治以後八十年の歳月は決して短かすぎたとは言えない。にもかかわらず、近代文化の伝統を確立し、自由な批判と柔軟な良識に富む文化層として自らを形成することに私たちは失敗して来た。そしてこれは、各層への文化の普及滲透を任務とする出版人の責任でもあった。

一九四五年以来、私たちは再び振出しに戻り、第一歩から踏み出すことを余儀なくされた。これは大きな不幸ではあるが、反面、これまでの混沌・未熟・歪曲の中にあった我が国の文化に秩序と確たる基礎を齎らすためには絶好の機会でもある。角川書店は、このような祖国の文化的危機にあたり、微力をも顧みず再建の礎石たるべき抱負と決意とをもって出発したが、ここに創立以来の念願を果すべく角川文庫を発刊する。これまで刊行されたあらゆる全集叢書文庫類の長所と短所とを検討し、古今東西の不朽の典籍を、良心的編集のもとに、廉価に、そして書架にふさわしい美本として、多くのひとびとに提供しようとする。しかし私たちは徒らに百科全書的な知識のジレッタントを作ることを目的とせず、あくまで祖国の文化に秩序と再建への道を示し、この文庫を角川書店の栄ある事業として、今後永久に継続発展せしめ、学芸と教養との殿堂として大成せんことを期したい。多くの読書子の愛情ある忠言と支持とによって、この希望と抱負とを完遂せしめられんことを願う。

一九四九年五月三日